講談社文庫

富士山殺人事件

吉村達也

講談社

目次

目次

十、

九、童話

八、をとめ

七、病中の文

六、旅窓の通信

五、先生の病気

四、雪の上の淋しき者

三、憶ひ出づるまゝ

二、人間美出現論

一、富士山と白百合の花説

序、日本精神高調点の新年初

富士山殺人事件

序．日本最高地点の殺人事件

事件は八月最後の日曜日、二十九日の夜明けに発生した。

場所は、富士《ふじ》山頂。

人工衛星測量で従来の標高三七七五・六三メートルが三七七四・九七メートルに修正され、四捨五入した海抜が一メートル低くなっても、依然として日本最高地点であることに変わりはない、その富士山頂で、殺人事件は起こった。

当日の富士山頂の天候は晴れ。

日の出直後の気温は摂氏《せっし》五度。

真夏の暑さにうだる下界からみると別世界の涼しさだが、遮《さえぎ》るもののない山頂に立つと、穏やかな天候にもかかわらず秒速一五メートルを越す風が吹いているために体感温度はなお低い。

七月一日に山開きを迎えた富士山は、すでに三日前の八月二十六日に山終《じ》まいとなっていた。

吉田口《よしだぐち》登山道を例にとれば、六合目の雲海荘《うんかいそう》から八合五勺《しゃく》の御来光館《ごらいこうかん》までの山小屋は、この八月最後の土日まで営業をしているところもあり、とくに八合目の山小屋は、九月まで営業をつづけるところも多かった。だが、山頂に並ぶ東京屋《とうきょうや》、扇屋《おうぎや》、山口屋《やまぐちや》といった山小屋は、もう扉を閉ざしていた。

しかし、山終まい後とはいえ、夏休み最後の週末となるその早朝、富士山頂で御来光を拝もうとする登山者の数は吉田口頂上だけでも軽く三百人を超《こ》えていた。

中にはバスをつらねて遠く関西や四国方面からやってきたお年寄りの団体もいたし、金剛《こんごう》杖《づえ》にそれぞれ母国の国旗を巻きつけた外国人の姿もおおぜい見かけられる。

まさに老若男女《ろうにゃくなんにょ》、そして国籍も入り乱れたさまざまな人々が夜を徹して山頂に登り、濃紺《のうこん》の闇に覆《おお》われた東の空に向かって御来光を待ち構えていた。

そして、その期待の瞬間は、午前五時を数分回ったころにやってきた。

太陽が姿を現すよりも早く、まず東の空が白みはじめる。それと同時に、眼下に広がる雲海がくっきりとその姿を現してきた。

それからおよそ五分経《た》つと、雲海の一点から、黄金の光を放ちながら太陽がゆっくりと姿を現しはじめた。

山頂に集まった人々の間から、歓声があがった。

手を合わせ頭《こうべ》を垂《た》れて拝む者、記念写真を撮《と》りはじめる者、ビデオを回す者、ただひたすら神々《こうごう》しいまでの光景を見つめている者——

富士山頂に集《つど》った何百人という登山者の顔が御来光を浴びて金色に輝き、その視線はすべて東の空に集中していた。

だから——

閉鎖された山小屋の裏手、すなわち日の出とは正反対の西側の一角で、ほんの十分ほど前に惨劇が行なわれていたことに気づく者は誰もいなかった。

それが発覚したのは、御来光から数分経ったのちである。

御来光の瞬間をビデオに収め終えた一人の初老の男性が、冷えきった身体をブルルと震《ふる》わせながら、山小屋の裏手に回ってきた。行儀が悪いと知りつつも、富士山頂で立ち小便をしようと思ったのである。

まだほとんどの人間が御来光を眺めつづけているため、その一角にはまったく人の姿がない。

山本《やまもと》という名のその男性は、いちど周囲を見回したのちに右の軍手をとり、ズボンのチャックを引き下ろそうとした。

と、つぎの瞬間、彼はギョッとしたように後ずさりをした。

オレンジ色のリュックを背負い、黒いウインドブレーカーに白の登山帽をかぶり、両手に軍手をはめた男が、山小屋の裏手の壁にもたれかかるようにして、尻餅《しりもち》をついているのが目に入ったのだ。

がっくりと首をうなだれた様子は、ちょうど泥酔した人間がへたり込むようなポーズだった。

しかし、場所が場所だけに、酔っ払って倒れているということがありうるはずもない。山本の頭にまず浮かんだのは、高山病《こうざん》だった。

標高三〇〇〇メートル、七合目あたりを越えると気圧低下と酸素不足のために頭痛や吐き気といった症状に襲われることがある。とりわけ急ピッチで登ると身体がそれに順応せず、日ごろ体力には自信がある者でもダウンしてしまう可能性がある。

倒れている男もその類《たぐ》いかと思い、山本は小声で呼びかけてみた。

「もしもし」

しかし、反応はない。

「だいじょうぶですか」

二度目の呼びかけにも答えは返ってこなかった。

さすがにおかしいと思い、山本はおそるおそる近づいて、へたりこんでいる男の肩を叩《たた》いた。

「もしもし……もしも……」

途中で言葉が止まった。

壁にもたれかかっていた男の身体がバランスを崩し、どたりと横倒しになった。

その拍子にかぶっていた白い登山帽がはずれて、その顔が見えた。

「……！」

山本は息を呑《の》んだ。

恐怖のあまり叫び声が喉《のど》をついて出そうになるのを、かろうじてこらえた。

倒れた男は白目をむいて死んでいた。

そして、黒のウインドブレーカーの襟元《えりもと》からかいまみえる首筋には、荷造り用の赤い紐《ひも》が巻きついていた。

「こ……これは……」

用を足《た》そうと思っていた彼は、すっかりそんなことも忘れ、二歩、三歩と後ずさりをした。

そして、くるりと向きを変えると、御来光を拝む登山者のかたまりの中へ駆け戻りながら、こんどこそ大きな叫び声を張り上げた。

「大変だあー、人が殺されているぞー！」

一・富士山五合目謎の咆哮《ほうこう》

1

警視庁捜査一課の志垣《しがき》警部とその部下の和久井《わくい》刑事は、仕事でつねにコンビを組むだけでなく、プライベートでも行動をともにすることが多かった。

猪突猛進《ちょとつもうしん》型で、見た目もダンプカーやブルドーザーにたとえられる志垣と、まだ二十代の独身で、母性本能を大いにくすぐってしまうような頼りなさにあふれた和久井が、どうしてここまで気が合うのか、いぶかしがる人間も多数いた。

なにしろ捜査活動中の和久井ときたら、短気でせっかちの志垣に怒鳴られっぱなしで、なにかにつけ後頭部をパカンとはたかれる。

それだけでなく、志垣の和久井評ときたらボロクソの一言《ひとこと》で、そこまで言わなくても、との声があるくらい、警部はこの部下に対して厳しい目を向けていた。

それでいて和久井のほうは、いじけることも悪びれることもまるでない。かといって、決して開き直ることもなく、志垣から叱《しか》られては情《なさ》けなさそうに眉《まゆ》を下げるのがつねである。

それでもなお、和久井は志垣に対して言いたいことははっきり言うし、ときには仲の良い親子のようにじゃれあうこともあるから不思議な関係ではあった。

根は人情家で涙もろい志垣も、こと捜査となると鬼のようになるので、若手刑事たちの中には、言葉をかけるのも恐れるほど彼を敬遠している人間もいたが、和久井には志垣を恐れるところがまるでない。

あれだけ罵倒《ばとう》されているのに、なんでウマが合うの、と周囲からいぶかしがる声も出るほど、和久井は志垣になついていた。

そして今回も、志垣と和久井の二人は土曜日の午後からそろって休みをとり、仲良く富士登山という予定を立てていた。

八月二十八日、土曜日の午後六時半――

富士山五合目のレストハウスからいよいよ富士登山のスタートを切ろうとするとき、和久井刑事は志垣警部に向かって言った。

「ねえ、警部」

「なんだかこのところ、休みとなると警部といっしょですね」

「うむ……そういえばそうかな」

食堂の椅子《いす》に腰掛け、うつむいて登山靴の紐を締めながら、志垣が答えた。

「仕事で顔を合わせて、休暇でも顔を合わせていると、アレですよね。ひょっとしたら奥さんよりもいっしょにいる時間が長くありません？」

「そりゃそうなるが……だからどうした」

紐を締め直した志垣は、紅潮させた顔を和久井に向けた。

「いや、べつにヘンな意味で言ったんじゃありませんけど。……あ、警部、赤くなってる」

「ばかもん、顔が赤いのは、ずっと下を向いて靴紐をいじっていたからだよ。何を早トチリしとるか」

さっそく志垣の手が伸びて和久井の後頭部をパカンとはたいた。

「まったくおまえの頭はロクな方向に回らんな」

「すみません」

「それにしてもだ、思わぬ出費でまいったよなあ」

「麓《ふもと》からのタクシー代ですか」

「そうだよ。まさかスバルラインにマイカー規制が敷かれているとは思ってもみなかった」

河口湖《かわぐちこ》方面から上ってくる富士スバルラインは、雪崩《なだれ》と土石流の混じったいわゆる雪代《ゆきしろ》被害の復旧工事のため、この夏はマイカーは全面通行禁止の措置がとられ、バスとタクシーだけが登山客を五合目まで運べることになっていた。

そして、その営業車も夜間は通行禁止となる。

スバルラインの入口のゲートが、午後六時になると閉鎖されてしまうのだ。

志垣の愛車を和久井が運転して、中央高速経由で河口湖に着いたのが、すでに午後の五時を回っていた。

しかし、どうせこの日の夜は七合目の山小屋で一泊する予定だったから、二人はのんびりと食料の買い出しなどをしていた。ところが、駅前の果物屋の主人から、はじめてスバルラインの通行規制を聞かされてあわてた。

その時点で、時計は五時四十分を回っていた。スバルラインのゲート閉鎖まであと二十分しかない。急いで志垣の車を駅前の駐車場に置き、二人はそれぞれリュックをかついで、河口湖駅前のバス乗り場へ走った。

ところが間《ま》の悪いことに、五合目へ向かう最終の乗合バスが出た直後だった。

となると、否応《いやおう》なしにタクシーを使うよりない。志垣の頭をかすめたのは、麓から五合目まで、いったいタクシー代はいくらかかるのか、ということだった。

（一万円は出るかもしれない）

そう思うと、タクシー乗り場へ足が向かなかったが、かといって、ここまで来て富士山に登らず引き返すのもあんまりである。

けっきょく目をつぶってタクシーをつかまえ、なんとかゲート閉鎖の時間には間に合って、およそ三十五分かかって、スバルラインの終点、五合目レストハウスへたどり着いたのである。

河口湖駅から五合目までは一律料金で、一万円札を出してかろうじてお釣りがくる金額である。

「警部、太っ腹なところを見せちゃって、おれがぜんぶ払うなんて言ってましたけど、なんだったら、ぼくも出しますよ」

リュックを背負いながら食堂の椅子から立ち上がった和久井が言った。

「いくらなんでも、さっきの値段を一人で払うのは痛いでしょ」

「いや、かまわん。安月給のおまえに割りカンなどさせては警部の名がすたる」

志垣はとりあえず強がりを言ったが、

「……とはいえ、まいったよなあ」

と、すぐに弱音を吐《は》いた。

「まあいいや、すぎたことをあれこれ悔《く》やんでもしょうがない。じゃ、行くか」

「のっけから元気、なくしてません？」

「うるさいね。人がせっかく忘れようとしていることを、くどくど言うなよ」

　そう言うと、志垣も自分のリュックを肩にかけて勢いよく立ち上がった。

「九千いくらの出費がなんだ。ドブに捨てたと思えば惜しくはないさ」

「それって、ふつうもったいないことをしたときの譬《たと》えに使うんじゃないんですか。ドブに捨てたようなものだ、っていうのは」

「うるさいな、もう」

　志垣は、またパカンと和久井の後頭部をはたいた。

「泣きたくなるからタクシー代のことは言うなよ。それにそもそも今回の富士登山だってなあ、元はといえば、和久井のためを思って計画したんだぞ」

「え、ぼくのため？」

「そうだよ、おまえの高所恐怖症を治してやろうと思ってな」

　志垣は、横目で和久井を睨《にら》んだ。

「天下の警視庁の刑事がだ、幼稚園のジャングルジムでも足がすくむような調子では具合が悪いだろうが」

「ええ、まあ……」

「だから、ここはひとつおまえに日本一の高さを経験させてやろうと思ったのだ。富士山に登ったら、他《ほか》に怖いものはあるまい。これで自信もつくというものだ」

「そういう問題じゃないと思うんですけど」

「いいからグズグズ言わずについてこい」

そう言い放つと、志垣警部は、買ったばかりの金剛杖を右手に持ち、レストハウスの出口に向かって歩きだした。

2

富士登山を経験した者の半数はその魅力に取《と》り憑《つ》かれ、来年もまた行こうという気になるが、残りの半数は、こんなにきつい思いをするならもう二度と登りたくないと言う。いや、もうこりごりという人の数は、半数では利《き》かないかもしれない。

一見たやすいように思える富士山登頂なのに、ダメージを受けたという感想を洩《も》らす者が大勢いるというのは、たった一つの理由によるものである。

富士山は日本最高峰の山でありながら、その美しいシルエットを見て明らかなように、季節が夏であるかぎりにおいて、山岳技術がゼロでも登れてしまう。体力不足、運動不足の人間が挑戦しても、ペースさえ守れば、なんとか山頂までたどり着くことができる。

わずか四、五歳の子供から、七十を越えた高齢者までが山頂をきわめているのをみれば、いかに富士山が、あらゆる層に門戸を開いた山であるかがわかる。

そのように、山頂に立つ半数以上が山登りの初心者であるからこそ、酸素不足による体力消耗がこたえて、もう富士山はこりごりだという感想になるわけだ。

ところが身体《からだ》を鍛《きた》えた者にとっては、夏の富士登山など、たんなる坂道を行く行為でしかない、とさえ言い切る者もいる。

その代表例が毎夏行なわれる『富士登山競走』や『富士登山駅伝競走』である。

これはなんと麓から山頂までの標高差三〇〇〇メートルを走って登るもので、富士登山競走の優勝者を例にとると、全長二一キロのコースをなんと二時間四十分で登り切ってしまう。

それほどまでに富士登山に対する体力的な受け止め方には、人によって落差がある。

その点では、志垣も和久井も『初心者』の部類に入るといってよかった。

なにしろ二人とも三〇〇〇メートル級の山を自分の足で歩いた経験がない。したがって、高山病というものに罹《かか》るか罹らないか、また罹ったらどんな症状になるのか、その見当もつかなかった。

志垣警部は「そんなもの、登ったら登ったでなんとかなる」と楽観していたが、なにごとにも慎重な和久井は、入念すぎるほどの対策を立てて、志垣にそのプランを示した。

まず第一に、少しでもラクをするために、五合目まではスバルラインを使って車で行く。

第二に、五合目から吉田口登山道に合流して頂上までの標準登山時間は、だいたい五時間半前後といわれているが、そこを七時間ペースで登る。

第三に、高山病対策として、携帯酸素のボトルを各自一本ずつ持っていく。

そして第四に、夜を徹して一気に山頂まで登るのはやめて、七合目の山小屋トモエ館に宿泊休憩する、というものであった。

第一のプランには志垣警部も賛成したが、第二のプランには『このフヌケめ』と鼻で笑い、第三のプランには『おおげさな』と呆《あき》れ返り、そして第四のプランにいたっては『冗談じゃないよ』と怒り出した。

それでは頂上での御来光が拝めないじゃないか、というわけである。

しかし和久井は、七合目で見ても頂上で見ても、御来光は御来光です、といって慎重論を譲らなかった。そして、あまりにも和久井が頑強に言い張るので、とうとう志垣のほうが折れた、というのが実状だった。

「あ……警部、ちょっと待ってください」

レストハウスから表に出たところで、和久井が志垣を呼び止めた。

「なんだよ」

「おしっこ」

「おまえなあ……」

ため息をつきながら、志垣は和久井を睨んだ。

「子供じゃないんだぞ」

「すみません。いよいよこれから富士山に登るかと思うと緊張しちゃって」

「これくらいのことで緊張するなよ」

「警察官試験を受けるときもそうだったんですよね。筆記試験の問題用紙が配られたとたん、急に……」

「昔の話はいいから行ってこい」

「はい、すぐ戻りますから」

志垣に急《せ》き立てられ、和久井はレストハウスの中へ駆け戻った。

「まったく、やれやれだな……」

つぶやくと、志垣は鈴の付いた金剛杖にもたれかかるようにして、周囲の景色に目をやった。

広々とした駐車場には団体用のバスや、最後の送迎にやってきたハイヤーなどがポツンポツンと停《と》まっている。

さすがに山終まい後であるのと、スバルラインの通行規制があるため、『富士山銀座』と呼ばれるような混雑ぶりは見られない。

ここを起点とする登山者はもうほとんど出発したあとで、外国人の姿がパラパラと見られる程度だった。

（しかし、ガイジンというのは、なんであういうふうに、どこでも短パン姿なんだろうね

え)

志垣は心の中でつぶやいた。

(下は夏でも、頂上は冬なんだぞ……)

志垣の視線は、金剛杖に星条旗を巻きつけた、アメリカ人らしき若い男女の四人づれに向けられていた。日本人登山者のほとんどが登山ズボンかジーンズなのに、彼らはTシャツに短パンである。

(あいつら、皮膚感覚が日本人と違うんじゃないのか)

西洋人と日本人は、精神的にも肉体的にも根本的に成り立ちが異なる《こと》るという主張の志垣は、文字どおり異人種を見る目つきで、その四人づれをながめていた。

(日が落ちてくると、けっこう涼しいじゃないか。とてもおれには、あんな格好はできんな)

志垣は、肘《ひじ》までまくりあげていたシャツの袖《そで》を下ろし、袖口のボタンを止めた。

腕時計を見ると午後六時三十六分。すでに登山道の行く先の空には、まるい月がポッカリとその姿を現している。

空はまだ明るさを残していたが、みるみるうちに水色から濃い紺色に変化して行くのがわかった。ほんの三十秒ほど目を離しているだけで、空の色がガラリと変わって見えるのである。

（それにしても和久井のやつ遅いな）

気の短い志垣は、もういらついていた。

（さあ、出かけるぞ、という段になって、ちょっと待ってくれと時間を取るのは、ウチのカアちゃんそっくりだな）

志垣は心の中でブツブツ文句を言った。

（だいたいウチのカアちゃんも、ふだん化粧をしなれないもんだから、外出するときに時間がかかるんだよな、たかだか口紅一本引くのにも……。和久井のやつも女に生まれていたら、きっとそういうタイプだな）

志垣の脳裏《のうり》に、女に生まれ変わった和久井の姿がポッと浮かんだ。

が、すぐに志垣は肩をブルッと震わせて、そのイメージを打ち消した。

そのときである。

突然、駐車場のどこかで「ウォーッ」という大声がした。いや、それは声というものではなく、ほとんど獣の咆哮《ほうこう》といってよかった。

そのすさまじい叫び声に、志垣はここが富士山であることも忘れて、クマが出てきたのではないかと思ったほどだった。

そばにいたアメリカ人の四人づれも、さすがに顔を見合わせて、どうしたんだという表情で語り合っている。

（声がしたのはあっちだな）

志垣は駐車場の一角にあるトイレのほうに目をやった。

その入口は、志垣が立っている場所からみると裏側にあったので、そこで何が起きたのかは直接見えない。

（ケンカなのか、それとも誰かが発作でも起こしたのか……）

警察官としての職業意識に戻った志垣は、リュックを背負い、片手に金剛杖を持ったまま、トイレの裏側目指して駆け出した。

3

入口のほうに回ってみると、トイレの前に六人の男女が集まっていた。

いずれも夏山登山の標準的な格好をしており、そのうち五人は、まだ二十代とみられる若さだったが、ひとりだけ四十代の後半とおぼしき中年男性が交《ま》じっていた。

オレンジ色のリュックに白の登山帽、チェック柄のシャツに、黒のウインドブレーカーを腰に巻くという格好のその男は、トイレの表の壁に片手をつき、ぜいぜいと荒い息をついていた。

その様子を、心配そうに他の五人の男女が見守っている。

絶叫を発したのは、どうやらあの男だな、と志垣は見当をつけた。

「部長、だいじょうぶですか」

真っ黒に日焼けし、いかにも山に慣れたといった感じの、がっしりした体格の男が、苦しそうにあえいでいる男に声をかけた。

「どうしたんですか、気分でも悪いんですか」

「いや……そうじゃない」

「でも、いまの声は……」

と、不審げにつぶやいたのは、メガネをかけてひょろっと背が高く、学究肌の印象を放っている男である。

「ぼくはトイレの中にいたんですけど、いまの声は部長が出されたんでしょう」

「あ……ああ」

「びっくりしましたよ。いったい何があったんです。教えてください」

「なんでもない、なんでもないんだ」

白い登山帽の男は、片手を壁について身体を斜めにあずけたまま、力なく首を左右に振った。

その様子を、同じグループらしい三人の若い女性が遠巻きにして眺めている。

「だけど部長、なんでもなくてあんな声を出すわけがないでしょう」

最初に発言した逞《たくま》しい男が言った。

「体調がおかしいのなら、思い切って登山はやめましょうよ。これから上は空気も薄いんですから、何かあったら大変です」

「いや……身体のせいじゃない」

部長と呼ばれた男は、やっとの思いで身を起こして言った。

「すまんな、心配をかけて。もうだいじょうぶだ」

「だいじょうぶといったって……」

「だいじょうぶだといったら、だいじょうぶなんだよ。せっかくの土日の休みを使って集まったんだ、中止なんてことになったら、みんなに申し訳ない」

「部長、無理しないでください」

後方に控えていた女性のうちの一人が言った。

「そうですよ。もしも具合が悪ければ、そこの宿にお泊まりになったら」

もう一人の女性が、レストハウスの正面にある雲上閣《うんじょうかく》を指さした。

「かまわんよ、三木《みき》君。ほんとうに、もうなんでもないのだから」

同じセリフを何度も繰り返すと、男は白い登山帽をかぶり直し、腰に巻いた黒のウインドブレーカーをキュッと縛り直して、真っすぐ立った。

「さあ、みんな行こうじゃないか。あはは。いまの声は、気合を入れるための掛け声だったと思ってくれたらいいんだよ。はははは」

男は、いかにも作り笑いとわかる笑い声をあげ、三木君と呼んだ派手な顔立ちの女性の肩をポンと叩いた。

だが――

どんなに強がってみせても、グレーの登山ズボンをはいた男の膝《ひざ》は、小刻《こきざ》みに震えていた。

（いまの叫び声は、発作などの苦痛のためではなく、なにかに怯《おび》えて発したのでは）

志垣は、直感的にそう思った。そして、ついつい男の様子をじっと眺める格好になった。

と、向こうがその視線に気がついた。

「なんだね、あんたは」

部長と呼ばれた男は、急に鋭い視線を志垣警部に向けて投げかけた。

そして、きつい表情になって怒鳴《どな》った。

「見世物じゃないんだぞ。用もないのに人をじろじろ見つめるのはやめてくれないかね！」

二・人情深川御利益通り《ふかがわごりやく》

1

　ちょうど同じころ、すなわち八月二十八日、土曜日の午後六時半すぎ――

　富士山の西南に位置する静岡《しずおか》県富士宮《ふじのみや》市の、名所白糸《しらいと》の滝に近いアパートの一室で、十七歳の女子高生・栗原由里《くりはらゆり》が、録音機能付きの電話でとっておいた、姉との会話が収められたテープを聞き返していた。

　高校生の由里にとって、五つ年上の姉の美紀子《みきこ》は、いまやたった一人のかけがえのない身内だった。

　彼女たちの両親はだいぶ前に交通事故で亡《な》くなり、遺《のこ》された二人は年老いた祖父の手で育てられた。その祖父も半年前に老衰で亡くなり、とうとう姉妹は二人きりになってしまった。

姉の美紀子はデザイナー志望で、いつかは独立して自分の事務所を持つのが夢だった。

短大を出たあと、美紀子は富士宮市内にあるデザイン事務所に勤めたが、いつまで経ってもお茶汲《く》みに毛の生《は》えた程度の仕事しかさせてもらえないうえに極端な安月給、しかもその事務所じたい、どうもパッとした仕事を請《う》け負っていなかったので、このままでは夢の実現はほど遠いと思った。

美紀子の希望は、東京に出て仕事を見つけることだったが、祖父が入院している間は、それもままならなかった。

が、その祖父が大往生《だいおうじょう》を遂《と》げたいま、美紀子は由里の了解もとって、七月の初めから東京に移り、下町にあるデザインオフィスで働きはじめたところだった。

妹の由里は生来《せいらい》の甘えっ子で、しかもさびしがり屋、年の離れた姉を母とも思って甘えていただけに、美紀子と別れての独《ひと》り暮らしは、思っていた以上に孤独だった。

その孤独感をなぐさめてくれるのが、姉との長距離電話だった。

電話は、ほとんどの場合、美紀子のほうからかかってくる。東京に出て給料が上がったとはいえ、ギリギリの生活をしている姉に電話代の負担はあまりかけたくなかったので、由里は長電話にならないよう気をつけていたが、それでも、どうしても三回に一度くらいは長々と話し込んでしまう。

そして、そのときの姉の声を何度も聞き返したかったので、由里は留守番電話のテープを使って、二人の会話を録音することにしたのだった。

このことは、姉には内緒だった。声を聞きたいがために電話を録音しているとわかったら、甘えっ子もいいかげんにしなさい、とたしなめられるに決まっていた。

でも、由里にとっては、たったひとりの身内である姉は、母である以上に、なかば恋人のような存在になっていた。

姉の声を聞くと、つらいことや淋《さび》しいことがあっても、ふわっと心が和《なご》んでしまうのだ。

いま、由里が聞こうとしているテープは、きのう、八月二十七日、金曜日の夜遅く、十一時すぎに姉からかかってきた電話のやりとりを収めたものだった。

こぢんまりとした1DKのキッチンに立ち、由里は、ミッキーマウスの絵が入ったマグカップにインスタントコーヒーを満たした。そしてそれを片手に持って、部屋の片隅に置いたベッドのところまで行き、そっと腰掛けると、枕元に置いた電話機にもう一方の手を伸ばして、録音テープの再生ボタンを押した。

会話の冒頭部分は欠けていたが、由里の言葉の途中からそれははじまった。

2

――……そっち、暑い？

「暑いわよー。これでも、ことしは異常気象で涼しいんだっていうけど、やっぱり気温が上がったときの蒸《む》し暑さは特別ね。富士宮の夏とは、ぜんぜんちがうの。なんだかすごく体力を使っちゃうような暑さだなあ、東京の夏って」

——でも、お姉ちゃんが東京に行ってから、もうすぐ丸二ヵ月が経つんだね。

「そうだね。あっという間だったな」

——ほんと？　由里にとっては、すごーく長い二ヵ月だった。こんなにお姉ちゃんに会わずにいるの、はじめてだもん。

「ごめんね、由里が夏休みの間に帰れなくて」

——しょうがないよ、そっちに行ったばかりなんだし。

「一度くらい、由里が東京にきてくれるかな、と思っていたんだけど」

——私も、こっちのファーストフードでバイトしなくちゃいけなかったから……。それに、なんだか東京って、私にはあんまり合わない気がするんだ。

「そう？」

——うん。

「どうして」

——なんとなく……。

「なんとなく？」

——東京の人って、つきあいにくいんじゃないかなって思うの。

「そんなことないわよ、由里。東京に住んでみて、はじめてわかったんだけど、よく都会の人は冷たいっていうでしょ。でもそれは生粋《きっすい》の東京っ子じゃなくて、日本中のいろんなところから集まってきた人たちが『冷たい都会人』になるのかもしれないな、って気がするの。見ず知らずの人間の中で自分を守るためにね」

——そうかなあ。

「東京で生まれて東京で育った人は、意外と性格的に穏やかだったりするんだよ」

——ふうん。

「それにね、ここは下町だから、東京でもとくに人情味があるのかもしれないんだ。近所の人たちもすごく親切だし」

——じゃ、寅《とら》さんの世界みたいなの。

「葛飾柴又《かつしかしばまた》とはだいぶ離れているけど……でも、そんな感じかな。そういえば、私の借りてるマンションのすぐそばに深川《ふかがわ》のお不動《ふどう》さまがあるんだけれど、その前を通る参道になんていう名前が付けられていると思う？」

——さあ……。

「人情深川御利益《ごりやく》通り」

——なに、それ。

「いいでしょ、この名前」

——人情、深川、御利益、通り……か。なるほどー、いかにも東京の下町って感じだね。

「ね」

——だけどお姉ちゃん、どうしてまた深川なんて場所に住もうと思ったの。

「それを話すとちょっと長くなるんだけど」

——長くなってもいいよ。聞きたい。

「じゃ、話すね。由里には細《こま》かいことは言わなかったんだけど、おじいちゃんが去年の暮れに動けなくなって入院したときにね、自分でもう先が長くないとわかったらしくて、私をこっそり枕元に呼び寄せてこう言ったことがあるの。『おまえは両親を早く亡くしたぶん、世の中を見ていない。ほんとうは私が親に代わって、おまえにいろいろな世界を見せてやらねばならないのだが、いかんせんこの年では何もしてやれなかった。だから、わしの面倒をみなくてもよくなったら、いちど大きく翔《はば》いてみろ。東京という大きな都会を見てみるんだ。最後は生まれ育った富士宮に帰ってきてもいいが、その前に、いちどは大都会で暮らしてみろ。そこから新しい自分を見つけることができるかもしれない』って」

——そんなふうに言われてたんだ。

「うん」

——おじいちゃん、ちゃんと考えてくれていたんだね、お姉ちゃんのこと。

「……うん」

――それで？

「もしも東京に住む気になったら、『縁起《えんぎ》のいい場所』を二つばかり推薦してあげよう。そんなふうにおじいちゃんは言ったわ」

――縁起のいい場所？

「ほら、おじいちゃんて昔の人だから、すごく迷信深かったでしょう」

――そうね。

「具体的な場所は口で言ってもおまえにはわからないから、紙に書いて家のタンスの引き出しにしまってある、って言うのよ。それで、さっそく見つけて読んでみたわ」

――そこに、なんて書いてあったの？

「くねくねとした続け字で書かれたいろいろな前書きにつづいて、美紀子が東京でひとり暮らしをすることになったら、神様が守ってくださる二つの場所を教えよう、とあったわ。一つは、あの有名な田園調布《でんえんちょうふ》のそばだった」

――田園調布……。

「そう、東横《とうよこ》線で、田園調布の次に多摩川園《たまがわえん》という駅があって、そこで降りるとすぐ目の前が高台になっている。そこには浅間《せんげん》神社が建てられているから、そのお社《やしろ》を毎日拝めるような場所に住みなさい、というの」

――浅間神社って、富士山の神様の、あの浅間神社と同じもの？

「そうよ。で、もうひとつの候補地の名前は、おじいちゃんの字が達筆すぎてよく読めなかったんだけれど、江東区《こうとう》の富岡八幡宮《とみおかはちまんぐう》のそば、と書いてあったみたいなの。私、おじいちゃんのお葬式が終わったあと、いちど東京に行ったでしょう。新富士から新幹線に乗って」

――うん。

「そのときに、仕事探しと同時に、おじいちゃんが選んでくれた二ヵ所を、自分の目で見てみようと思ったのよ」

――はじめて聞くな、その話。……で、どうだったの、その二つの場所は。

「浅間神社のほうは、おじいちゃんがすすめる理由がよくわかったわ。いま由里が言ったみたいに、富士山の神様は浅間大菩薩《せんげんだいぼさつ》で、その神様をお祀《まつ》りしてあるのが浅間神社でしょう。神社は多摩川を見下ろす場所にあって、富士山の熔岩《ようがん》で飾られた階段が作られていて、その脇には勝海舟《かつかいしゅう》が刻んだと伝えられている食行身禄《じきぎょうみろく》の碑も建っていたわ」

――ジキギョウ……なんだって。

「ジキギョウ・ミロクよ」

――なに、それ。

「人の名前。由里、知らなかった？」

――知らない。

「ほんと？　富士山の麓に住んでいて食行身禄を知らないのはまずいよー」

――だって私、お姉ちゃんみたいに歴史が好きじゃないもん。

「じゃあ教えてあげるけど、食行身禄はね、江戸時代に富士山の信仰を広めた人で、米の値段を吊《つ》り上げた将軍吉宗《よしむね》の政治に抗議して、六十三歳のときに富士山にこもって、一日一杯の雪を食べるだけの断食《だんじき》に入ったのよ」

――抗議のハンスト？

「まあね」

――だけど、一杯の雪だけしか食べないんだったら、死んじゃうじゃない。

「最初からそれを覚悟の行《ぎょう》なのよ。入定《にゅうじょう》といって、生きたままミイラになってしまうわけ」

――えーっ。

「そういう食行身禄の碑があるくらいだから、富士山を神様として信仰していたおじいちゃんが、孫娘の私に多摩川園の浅間神社をすすめる気持ちは理解できるんだ。でも、もうひとつの富岡八幡宮の意味がよくわからなかった」

――その富岡八幡宮って、浅間神社からは遠いの？

「時間的にはそうでもないよ。多摩川園から四十五分くらいかな」

――遠いじゃない。

「そう？」

——遠いよ。四十五分もかかるところを遠くないと思うなんて、お姉ちゃんもすっかり東京の人間になっちゃったのかな。

「あ、そうかあ……。とにかくね、時間的には四十五分だけれど、電車と地下鉄を何本も乗り継《つ》いだわ。最初は東横線で中目黒《なかめぐろ》まで行って、そこから地下鉄の日比谷《ひびや》線に乗り換えて、六本木《ろっぽんぎ》とか銀座《ぎんざ》を越えて茅場町《かやばちょう》まで行くの。そこでまた別の地下鉄に乗り換えて、次の駅の門前仲町《もんぜんなかちょう》で降りる」

——そのへんが江東区？

「うん。このあたりはね、『海抜ゼロメートル地帯』と呼ばれていて、昔はずいぶん浸水の被害に遭《あ》ったらしいんだ。いまは、そんなこともめったになさそうだけど」

——だけど門前仲町って、変わった名前ね。

「富岡八幡宮や深川不動堂の門前町として栄えたから、そういう名前が付いたらしいわ」

——それで『人情深川御利益通り』となるわけね。

「私、ここに来てはじめて知ったんだけれど、この深川のお不動さまって、成田山新勝寺《なりたさんしんしょうじ》の別院……というか、飛地《とびち》の境内《けいだい》にあるお不動さまっていう扱いなんですって。わかる？」

——わかんない。

「つまり、深川にあるんだけれど、そこの境内は成田山の中と同じ意味を持つ、ということ。だから、『成田山東京別院深川不動堂』というのが、お不動さまの正式な名前なのよ」

——お姉ちゃんて、すぐそういうふうに勉強しちゃうんだねー。

「それでね、深川不動堂の隣りには、公園やテニス場があって、さらにその隣りにあるのが富岡八幡宮なのよ」

——もしかして富岡八幡宮って、横綱の碑がある場所じゃない。何かの本で読んだことがあるけど。

「そうよ。八幡宮の裏手に、代々の横綱の名前が彫り込まれた大きな碑があるわ」

——それで、富岡八幡宮と深川不動堂が何か関係があるわけ？

「昔は、神仏習合《しんぶつしゅうごう》といって、神社の中にお寺があったりするのは少しも珍しくなかったのね。それで、富岡八幡宮の中にも深川永代寺《えいたいじ》というお寺があって、江戸《えど》時代には、この永代寺で成田山のご本尊である不動明王《ふどうみょうおう》が、何度もご開帳されたの」

——成田山から、わざわざご本尊を深川まで持ってきたんだ。

「うん。そういうふうに、自分のお寺ではなくて、よそのお寺でご本尊をご開帳するのを『出開帳《でがいちょう》』というらしいわ。成田山新勝寺の不動明王は、江戸時代に十二回出開帳が行なわれて、そのうちの十一回までが富岡八幡宮の境内《けいだい》にあった深川永代寺で行なわれたのね」

——それも調べたの？

「そう。図書館でね」

——やっぱりお姉ちゃんはちがうな。勉強家だよ。

「それでね、元禄《げんろく》時代に行なわれた最初の出開帳は、いま風にいうと、イベントとしてすごい盛り上がりで、これに合わせて歌舞伎《かぶき》役者の初代市川團十郎《いちかわだんじゅうろう》が、『成田山分身《ぶんじん》騒動』というオリジナルの演《だ》し物をやって大当たりをとったのよ。そこから『成田屋《なりたや》』っていう屋号が生まれたんですって。それ以来、代々の市川團十郎は、江戸庶民の間に不動信仰を広めるのにずいぶん影響力があったみたい」

――ふうん……私は歌舞伎のことはぜんぜんわからないけど。

「それからのち、明治維新を迎えて一時的に仏教が弾圧されて、深川永代寺も廃仏毀釈《はいぶつきしやく》運動にあったけれど、最終的には信教の自由が明治政府に認められたこともあって、明治十四年に成田山不動堂がこの地に作られたの」

――早い話が、深川不動堂は富岡八幡宮と切っても切れない関係にあるわけね。

「そうなの。つまり、富岡八幡宮はお不動さまにゆかりが深いお宮ということになるんだけど、富士山との関係は見つからないのよ。それなのに、なぜおじいちゃんがこの場所をすめたのか、すごく不思議で……」

――長い話だったけれど、とにかくお姉ちゃんは二つの場所のうち、田園調布のそばよりも人情深川御利益通りを選んだってことね。

「うん。面接に受かった勤め先も、たまたま自転車で通える距離だったから、とても便利だし」

――賃貸マンションだったわよね、そこは。

「そうよ」

――下町とはいっても東京だから、けっこうお家賃が高いでしょ。

「それがウソみたいに安いの。マンションといっても三階建てのこぢんまりしたもので、周りのビルにはさまれた谷間みたいな場所よ。どっちかというと、アパートって呼んだほうがピッタリくるけれど、とっても気楽に住めるところで気に入っているわ」

――そうか……じゃ、私の考えていた東京と、ずいぶん違うところなのかな。

「そうよ。とっても気さくなところなんだから」

――だったら、いつか遊びに行こうかな。

「おいでよ。いつかなんて言わずに、この週末にでもこられない？　学校がはじまる前に」

――うーん、でも土日はバイトが忙しいから。……あ、日曜日だったら、ピンチヒッター頼めるかもしれないな。もし、バイトが休めそうだったら行ってもいい？

「もちろんよ。もしもこられそうだったら、新幹線に乗る前に電話をちょうだい。東京駅につく時間がわかれば迎えにいくから」

――うん、それじゃあね。日曜日に。

＊　　＊　　＊

そう言って由里が電話を切ろうとしたときに、姉の部屋でピンポン……ピンポンピンポンピンポンというチャイムの音が聞こえた。

その音を耳にして、由里はとっさにたずねた。

「お客さん？」

すると、美紀子もいぶかしげな声でつぶやいた。

「ううん、そんなことはないと思うけど……。だって、こんな時間でしょ」

そう言われて、由里は受話器を耳に当てたまま、向かいの壁に掛けた時計に目をやった。

そのときは、もう夜中の十一時半近くになっていた。

「あ、もしかしてお姉ちゃん、さっそく東京で彼氏を作っちゃったのかな」

「まさか」

半分笑いながら、美紀子は言った。

「そんなはずないでしょ」

由里も、その答えを聞くまでもなく、そんなことはあるまいと思った。

姉の美紀子の興味といったらデザインのことしかなく、これまでも恋愛にはとんと縁のない生活をしていた。その純朴な姉が、二ヵ月足らずのうちに東京でボーイフレンドを作るとは考えられなかった。

そうこうしているうちにも、チャイムは繰り返し鳴った。

ピンポン……ピンポンピンポンピンポンという特徴のある鳴らし方である。

「おかしいなあ……ちょっと玄関に行ってみるね。それじゃ由里、日曜日の連絡待ってるから」

その言葉を最後に、美紀子のほうから電話を切った。

3

そこまでテープを聞いたときに、栗原由里はドキンとして電話機の停止ボタンを押した。

(なんなの……いまの音)

ゆうべ、直接電話で話していたときには聞き逃していたが、いま録音テープをあらためて聞き返したときに、はじめて気づいた雑音があった。

(まさか……)

由里はテープの巻き戻しボタンを押し、最後の部分をもう一度聞いた。

「あ、もしかしてお姉ちゃん、さっそく東京で彼氏を作っちゃったのかな」

「まさか……あはは、そんなはずないでしょ」

ピンポン……ピンポンピンポンピンポン。

「おかしいなあ……ちょっと玄関に行ってみるね。それじゃ由里、日曜日の連絡待ってるから」

カチャッ。

ガチャッ。

由里は黙りこくって電話機を見つめた。

そして、さらにもう一度、同じ部分を再生する。

ピンポン……ピンポンピンポンピンポン。

「おかしいなあ……ちょっと玄関に行ってみるね。それじゃ由里、日曜日の連絡待ってるから」

カチャッ。

ガチャッ。

由里は青ざめた。

最後のガチャッと受話器を置く音の前に、もうひとつ、カチャッと別の音が入っていた。

(これ……玄関のドアが開く音だわ)

断続的に鳴り続けるチャイムに応えて姉が玄関口に行く前に、すでにドアの開く音が聞こえるではないか。

由里は、上京した姉について、前から心配していたことがあった。

それは、富士宮市の前の借家にいるとき、のんびり屋の姉が、ろくに家の鍵を閉めない癖があった点である。夜でも平気で、玄関のドアを開けたまま寝てしまうのだ。

姉は、どうせうちには盗《と》られて困るものなんかないから、と言うのだが、由里は、そういう問題ではないと思った。どちらかというと由里は心配性のほうだったから、いつも姉に代わって家の鍵を閉めて回ったものだった。

そして、美紀子が東京に住むようになったとき、この点だけは妹の由里から、口を酸《す》っぱくして注意をした。お姉ちゃん、東京は、こっちと違うんだから、ひとりでマンションにいるときは、絶対に戸締まりをしてね、と。

それなのに、いまのテープを聞くかぎり……。

由里は、片手に持っていたマグカップを、乱暴に枕元に置いた。

その拍子に、飲みかけのインスタントコーヒーが跳《は》ねて、シーツに茶色いシミを作った。

が、それにかまわず、由里は受話器を引っつかんで耳に当て、東京深川にある姉のマンションの電話番号を押した。

あわてていて市外局番の〇三を忘れたので、もう一度押し直した。

コール音が鳴る。

（おねがい、お姉ちゃん、電話に出て……）

コール音が鳴りつづける。

（おねがいだから、電話に出てよ）

しかし、依然としてコール音は鳴りつづける。

（まだ会社にいるのかしら）

壁の時計を見ながら、由里は思った。

いまは夜の七時前である。

きょうは土曜日だが、美紀子が勤めているのは小さなデザイン関係のオフィスだから、一般の企業のように必ずしも週末が休みだとはかぎらない。仕事があれば、この時間に勤め先から帰っていなくても不思議ではない。

けれども、それは直接確かめようがなかった。番号案内にデザイン会社の場所と名前を告げて問い合わせてみたが、該当する番号はないという。都会では、さまざまな事情から電話番号簿への記載を断《ことわ》るケースがあるが、由里はそこまで考えが及ばない。

彼女は、姉から勤め先の電話番号を聞いていなかったことを悔《く》やんだ。

二十回以上鳴らしても応答がなかったので、由里は力なく受話器を置いた。

こうなったら、三十分ごとに……いや、十五分ごとでもいいから、電話が通じるまで何度でもかけ直そうと思った。

（お姉ちゃん、どこかに遊びに出かけているのかな。土曜日の七時前だもん、きっとそうよね）

由里は、つとめて楽観的に受け止めようとした。しかし、ひとりぼっちで考えれば考えるほど、高校生の彼女の心は不安でいっぱいになった。

（もしかしたら）

考えてはならないことが、頭の中に広がりはじめた。

（もう、お姉ちゃんとは会えないかも……）

三．恋人たちの光と影

1

五合目の駐車場で聞いた謎の絶叫は、志垣の心にいつまでも引っ掛かっていた。

とりわけ、声を発したとみられる中年の男が、志垣に向かって嚙《か》みついてきた様子からすると、あの叫びの裏には、よほどなにか複雑な事情があるに違いなかった。

なにしろ、あの膝の震えは尋常ではない——と、志垣は思った。

（もしかしたら、誰かに脅されていたのだろうか）

たとえば、ナイフを突きつけられ金を出せと強請《ゆす》られた可能性もある、と志垣は考えてもみた。

だが、富士登山の発進基地のレストハウス界隈《かいわい》で、そんな事件が発生するとは思えないし、仮にそうだとしたら、男はその事情を連れの若者たちに話したはずである。

ところがあの男は、自分が獣のような咆哮を発したことを認めながらも、その原因についてはひた隠しにしているフシがあった。

(なにかあるな、あれは……)

刑事のカンというものが働いた。が、しかし、志垣としても具体的に傷害や恐喝《きょうかつ》の事件が起きたわけではないから、私は警視庁捜査一課の……と名乗り出るわけにもいかない。

だから、男に睨《にら》みつけられた彼は、すごすごと引き下がらざるをえなかったのである。

レストハウスの中のトイレへ行っていた和久井は、その出来事を知らずに戻ってきたが、志垣はあえて話題に持ち出さなかった。そして待ちかねていたように、山頂へ向けてのスタートを切った。

最初の一キロは、拍子抜けするほど平坦《へいたん》な道である。その道を三、四百メートル進むうちに、夏の日はとっぷりと暮れてきた。

「ねえ、警部う」

並んで歩く和久井が、十八番《おはこ》の情けない声を出した。

「あっというまに真っ暗になっちゃいましたよ」

「そりゃそうだ。日が沈めば暗くなるのはあたりまえだろう」

志垣も和久井も、すでに手にした懐中電灯を点灯している。

「山道で日が暮れると、ほんとに真っ暗なんですねえ」

「その程度のことで情けない声を出すなよ」

「だって、ほら、後ろを見てくださいよ」

和久井は立ち止まって、いまきた道をふり返った。

「レストハウスの明かりが、あんな遠くに」

「あんな遠くに、ったって、ほんの五、六分しか歩いていないんだよ」

「ああ、街の明かりがなつかしいなあ」

「なにいっとるんだ。こんなところで立ち止まっていたら、朝になっても七合目に着かないぞ」

志垣が、自分の金剛杖で和久井の尻《しり》を叩いた。

その拍子に、杖に付けられた鈴がチリンと音を立てて鳴る。

「ほれほれ、早く歩くんだ」

「ぼくは牛や馬じゃないんですから、棒で追い立てないでくださいよ」

ブツブツ言いながら、和久井は歩きだした。

「でも、ぼくらの後ろに誰《だれ》もいないっていうのは、あまりにも不安じゃありませんか」

「おまえがトイレに長く入っているからいけないんだよ」

「だって……」

「まあ、地図によるとだ、もうちょっとしたら吉田口登山道と合流するようだから、そうしたら少しは人間の姿も見かけるんじゃないか」

たしかに、和久井の言うとおり、彼らの後方に登山者の姿はなかった。

スバルライン五合目を起点とする、いわゆる河口湖口ルートは、今シーズンはゲート閉鎖の関係で、六時半を回るころになると、新たに車から降りて歩きはじめる人間がほとんどいなくなるからだった。

やがて、道は『泉ケ滝《せんがたき》』というポイントに出る。ここには大きな標識で、登山道は斜め右方向との指示が出ていた。

「うわ」

和久井がおおげさな声を出した。

「いよいよ上りだ。上りですよ、警部。上り」

「わかってるよ、うるさいね」

すでにあたりは真《ま》っ暗闇《くらやみ》となり、歩くたびに揺れる懐中電灯の明かりと、同じく歩くたびにシャリンシャリンと鳴る金剛杖の鈴の音だけが、登山の道づれという感じである。

「いやあ〜、いよいよてっぺんまで、この調子で上り坂がつづくんですねえ」

「上のほうはこんな甘いもんじゃないらしいぞ」

「え、ほんとうですか」

和久井は、顔をこわばらせて志垣を見た。

「聞くところによると、七合目から先が急にきつくなるそうだ」

「というと、明日のルートですね」

「うん」

「もしもきつそうだったら、無理はしないで、勇気ある撤退をしましょうよね、警部」

「ばかもん。小さな子供でも登るという富士山だぞ。天下の警視庁捜査一課の刑事が、おめおめと引き下がってどうする」

「だけど、夏の富士には魔物が棲《す》んでいるって言うじゃありませんか」

「言わんよ、そんなこと」

「でもなんか、心なしか息が苦しくなってきたなあ……」

「うそだろ、おまえ」

「ほんとですよ」

和久井は、左手で胸を押さえた。

「さっきから較《くら》べると、だいぶ心臓の鼓動が早くなってきたみたいです」

「あたりまえだよ。こうやって歩いているんだから。止まっているときよりは早くなるだろ、鼓動も」

「いや、それだけじゃなくて、なんか違うんですよ、平地にいるときと身体の状態が。……ねえ、いまの標高はどれくらいなんでしょう」

「知らんな」

志垣はそっけなく言った。

「五合目のレストハウスが、標高二三〇〇メートルちょっとだったから、まだ二四〇〇も行かないんじゃないのか」

「えっ」

和久井はびっくりした声を出した。

「スバルラインの終点て、そんなに高いところにあったんですか。……あー、急に心臓が」

「やめなさいよ、そうやって自己暗示にかかろうとするのは」

志垣が和久井の頭をパカンとはたいた。

「それからね、おまえはだいたいしゃべりすぎなんだよ。この長い道中をだな、いまみたいなペースでペチャクチャペチャクチャやってたら、そっちのほうの原因で息が切れてしまうぞ」

「だって、なにかしゃべってないと淋しいんですもん」

「だったら好きなようにしろ。しゃべるのは勝手だが、おれはいちいち答えんからな」

そう言うと、志垣は和久井の半歩先に出て、黙々と上り坂を歩きはじめた。

2

三杏《さんきょう》ボトラーズの東京本社ビルは、東京シティエアターミナル（TCAT）で知られる、中央区《ちゅうおうく》日本橋箱崎町《にほんばしはこざきちょう》にあった。

本社ビルの目の前が隅田川《すみだがわ》というロケーションである。

この会社は、その名が示すとおりの飲料メーカーで、業界の中では、中堅からやがて大手の一角に食い込むであろうと目《もく》されている企業だった。

その組織の中に営業第三部というセクションがあり、ここがいま同社の中では、もっとも注目を集めている部署になっていた。

営業第三部——それは、三杏ボトラーズの缶コーヒーや缶ジュース、ウーロン茶などの自動販売機を大企業のオフィス内にプロモーションする販売戦略を担当するセクションだった。

現在の飲料業界においては、ノンアルコール飲料の販売シェアの決め手を握るのは、自動販売機の設置数にかかっているといっても過言ではない。

売上の約六割がこの自販機ルートであり、その傾向はますます強まってくるとされている。

日本国内で圧倒的な自販機数を誇るのがコカコーラボトラーズで、八十万台近い設置実績をもち、第二位の企業に四倍近い差をつけている。

このコカコーラや他の上位企業に真っ向から対抗しようとしても、すでに路上設置に関しては、条件のよいところは飽和《ほうわ》状態にあり、くわえて道路へのはみ出し規制の強化がなされたので、いまから大幅増は狙《ねら》いにくい。そこで三杏ボトラーズの営業トップが目をつけたのが、オフィス内部の自販機設置だった。

アメリカなどに較べれば、日本の企業の自販機設置率はまだまだ低い。ここを開拓すれば、そのまま中身の飲料の販売増にもつながる、というもくろみが三杏ボトラーズの上層部にはあった。

そこで営業第三部部長の今中篤史《いまなかあつし》を筆頭にプロジェクトチームが組まれ、消費量が激増する夏のシーズンを前に、ことし初めから猛烈なプロモーション活動が展開されていた。

このプロジェクトは、さらに四、五人単位の小さなチームに分かれており、それぞれのチームにはJリーグよろしく名前がついていた。

この中で、とくに部長の今中が期待をしていたのが、若手の男女五人で成る『箱崎スピリッツ』だった。

メンバーは――

渡嘉敷純二《とかしきじゅんじ》、二十八歳、入社五年目。

糸川紀之《いとかわのりゆき》、二十八歳、入社五年目。

霧島慧子《きりしまけいこ》、二十五歳、入社三年目。

三木里津子《みきりつこ》、二十五歳、入社三年目。

松原萌《まつばらもえ》、二十三歳、入社三年目。

といったフレッシュな顔ぶれで、この中で松原萌だけは短大卒だった。

部長の今中が、この五人をスペシャルメンバーとして期待していたのには理由があった。営業部のみならず、三杏ボトラーズ全社的レベルからみても、この五人は『いい男』と『いい女』という点ではベストメンバーであったからだ。

つねに真っ黒に日焼けしたスポーツマンタイプの渡嘉敷純二。

ひょろりと背が高くてメガネをかけた姿は、まるで学者のようだったが、理知的な容貌は俳優にしてもおかしくない糸川紀之。

父親がノルウェー人というだけあって、透《す》き通るような肌の色と、日本人ばなれした顔立ちの霧島慧子。

逆に、南国の島からやってきたかと思えるような野性的な肌の色と瞳の大きさ、そして情熱的なしぐさがトレードマークの三木里津子。

性格はおとなしく、まるで日本人形そのものといった印象の松原萌。

まさにモデルチームといってもおかしくないこの五人が、相手先との相性を選びながら営業活動に出れば、ふつうではまとまらない話もうまく進む、というのが今中の計算だった。

そして実際にその計算はある程度は当たっていた。五人は他のチームに較べて圧倒的に優れた契約実績を勝ち得たのである。

ただし、誤算は冷夏だった。

せっかく契約を結んで企業内に導入したドリンク自販機も、肝心の夏が不完全燃焼状態とあっては、飲料の売上もいまひとつパッとしたものではなかった。

しかしいったん自販機を置いてしまえば、先方の機嫌を損《そこ》ねて契約解除ということにならないかぎり、また来シーズンへの期待もつなげる。

そんなこともあって、今中は最優秀の成績を挙《あ》げた五人を表彰して、どこか伊豆《いず》あたりのペンションに一泊で旅行に出かけようか、と持ちかけた。

これが八月のはじめの出来事である。

ところが、その話がいつのまにか、部長の今中も含めて六人で富士登山をやろうという方向へ変わっていった。

それを言い出したのは渡嘉敷純二だった。

ペンションでテニスなんていうのはいつでもできるから、どうせなら日本最高峰の富士山にみんなで登りませんか、と提案してきた。

その理由は――他のチームのメンバーが聞いたら、かなりイヤミにもとれるのだが――営業活動成績でトップをとった記念なんだから、日本でいちばん高い山に登ろう、というものであった。

そして六人は、山終《やまじ》まい後の八月二十八日の土曜日、この富士山に集まってきた。二日前の木曜日から個人的に有給休暇をとっていた三木里津子を除く五人は、新宿《しんじゅく》からハイウェイバスで河口湖駅経由でスバルラインへ向かい、そこに里津子が合流した。

それで六人がそろって登山道を歩きはじめたのだが、一同の表情から東京を出たときのような明るさが消え失せているのは、やはり今中部長の謎《なぞ》の叫び声が原因だった。

あのとき、今中と渡嘉敷と糸川の男三人は、そろってトイレに立ち寄った。

そして、一足先に今中が外に出たとたん、彼は獣のような咆哮を放ったのである。

しかし、なんといっても彼は五人の上司だった。平社員と部長の関係である。だから、今中が『あれはなんでもなかったのだ』というものを、他の若手が無理やり事情を聞き出すわけにもいかなかった。

六人は、志垣と和久井の少し前を黙々と並んで歩いていた。

体力的に抜きん出ている渡嘉敷は、自分がペースメーカーになるわけにはいかないので、最後尾につくと申し出て、六人のいちばん後ろに回った。

先頭は今中で、最初のうちはその隣りに三木里津子が並び、その後ろに霧島慧子と糸川、最後に松原萌と渡嘉敷が並んだ。

だが、そうやって二列縦隊になって進んでいたのはほんの最初のうちだけだった。

泉ケ滝からの上りなどは、まだほんの序の口だったが、先頭の今中のペースが早いためか、五分も歩かないうちに里津子の歩みが遅くなり、ついで慧子のピッチも落ちて二列縦隊が崩れてきた。

そしていつのまにか今中、糸川が先行して、遅れぎみの女性三人を渡嘉敷がフォローするという形になった。

六合目の下方に位置する『雲海荘』という山小屋まではすぐだった。山に不慣れな女性の足でも、五合目のレストハウスを出てから三十分少々あれば楽にここに着く。

スバルライン終点からの河口湖口ルートだと、最初が平坦なだけに、この山小屋で休む必要はあまり感じられない。

ここで小休止をとっているのは、吉田口登山道を下のほうから登ってきた人たちが多い。

しかし、三杏ボトラーズの六人の中で、松原萌を除く二人の女性が早くも休憩を要求してきたので、男性陣はそれにしたがって五分の小休止をとることにした。

「ねえ、萌……」

頰《ほお》をふくらませてフーッと大きな息をついた三木里津子は、ベンチに腰を下ろしながら言った。

「あなた、日本人形みたいにおしとやかな顔してるのに、ずいぶん体力があるのね」

3

「警部う～、ようやく見えたあ、六合目」

早くも和久井はアゴを出しかかった声を出した。

「休憩しましょうよ、休憩」

「ほんとにおまえはだらしないやつだな」

志垣は、つくづく呆れたという顔で和久井を見た。

「……というよりも、暗示に弱いやつと言い換えたほうがいいのかもしれん」

志垣が言い直したのにはわけがあった。

早くも和久井はベンチに腰を下ろし、リュックを下ろして口紐をほどき、そこから携帯酸素のボトルを取り出して口に当てはじめたからである。

「警部、いっしょに吸いません？」

酸素ボトルにつながったマスクを差し出す和久井に、志垣は力なく首を振った。

「情けないよ、おれは。こんな軟弱なやつと仕事でコンビを組んでいるのかと思うと」

「予防ですよ、予防。ね、こうやって酸素をたっぷり補給しておけば、高山病に罹《かか》らないでしょう。ことわざにいうところの、転ばぬ先の金剛杖、ってやつですよ」

「なにいってるんだよ。おまえの場合は、もう精神的に高山病に罹ってるよ」

「あ……警部」

ベンチの向こう側に目をやった和久井は、急に立ち上がって志垣の耳元に口を寄せた。

「ねえ、あっちのほうにすごい美人がいますよ」

志垣は、和久井の視線を追った。

その先には、三杏ボトラーズの六人の中の、霧島慧子が立っていた。彼女は、白と黄緑の横縞《よこじま》が入ったトレーナーにホワイトジーンズをはき、黄色のザックを背負っている。

「ね……なんだかハーフっぽい雰囲気で、富士山というよりも、モンブランが似合いそうな雰囲気でしょう。あの人だったら、やっぱりスイスアルプスって感じですよね」

「………」

「ねえねえ、警部。彼女のあとにくっついていきましょうよ。そうしたらぼくも元気が出ると思うな。酸素なんか吸わなくても」

「………」

「あ、でも、まいったな……。やっぱり男の連れがいるんだ。くそーっ、それもいい男じゃないか」

渡嘉敷純二が近寄って霧島慧子と談笑するのを見て、和久井はくやしそうな声を出した。

「ああいう美男美女の組み合わせって、ずるいと思いません？　世の中」

和久井がペラペラとしゃべる間も、志垣は黙っていた。和久井のおしゃべりに呆れたからではない。警部の視線は慧子たち一行に注がれていた。

（さっきの連中だな）

志垣の目は、霧島慧子ではなく、年長の今中篤史をとらえていた。

いまのところ彼は平静さを取り戻したように、連れのメガネの男、糸川紀之と雑談をしていた。

が——

志垣の視線を感じたのか、今中がふと彼のほうをふり向いた。

志垣は急いで目をそらしたが、かえってその動きが相手の不審感を募《つの》らせたようだった。

（見ているな）

志垣は、顔の向きを変えながら、視野のギリギリのところで今中の姿をとらえていた。

（明らかにおれを意識して睨みつけているぞ）

ますますふつうではない、と志垣は思った。

そのとき、志垣の心の動きなど知らずに、和久井が呑気《のんき》な声をかけてきた。

「警部、いま、年甲斐《としがい》もなくボケーッと見とれちゃっていたでしょ、あの子に。でも、あきらめたほうがいいですよ。彼女にはしっかりとハンサムな恋人がいるみたいですから。……そりゃそうですよね、あれだけ目立つ美人が、一人で山登りにきてるわけないですもんね」

「断《ことわ》っておくがな、おれは、そういう意味で見ているのではないのだ」

志垣は小声で言い返したが、和久井はほとんど聞いていなかった。

「ところで警部」

和久井は志垣の袖《そで》を引っ張った。

「あそこで杖に焼印を押してくれるみたいですから、行きませんか」

「焼印？」

「ええ、ほら、山小屋の窓口のところに人が群《むら》がっているでしょう」

富士山の山小屋では、白木《しらき》でできた金剛杖をついて登ってくる登山者のために、記念の焼印を杖に押してくれる。

地面に突いてまっすぐ立てると大人の顔あたりまである長さの金剛杖の足元のほうから焼印を押してゆき、七合目、八合目と登るごとに、新たな焼印がどんどん上のほうに追加されていく。

だから、山頂に着くころには、その金剛杖に押された焼印の列が首から顔のあたりの高さにまで並ぶことになる。

だが、これは無料ではなく、しっかりとお金をとられる。各山小屋にとっては無視できない収入源なのだ。吉田口登山道を例にとれば、六合目から上だけでも十以上の山小屋が並んでいるから、それらすべてで焼印を押したら、かなりの出費になってしまう。

ともかく志垣たちにとっては最初の記念焼印所なので、彼らは白木の金剛杖を差し出して、その下のほうに『雲海荘』の焼印を押してもらった。

そののちに、二人はさらに上へ向けて出発した。

4

雲海荘から先は、いよいよ富士山に登るのだ、という気持ちを新たにさせられる。登山道が、徐々にその険《けわ》しさを増してくるからである。

もっとも、『本当の富士登山は七合目から』といわれているように、体力勝負となるのは標高二七〇〇メートルを越える七合目すぎからなのだが、それでも六合目より上に進むと、これまでの道のりが『たんなる序章』にすぎなかったのだと、あらためて思い知らされる。

雲海荘の手前で、吉田口登山道の本筋と合流してからは、志垣たちの後ろからも、続々と登山者がやってくる状態になってきた。その集団に後押しされるような格好で、志垣と和久井は、さらに上を目指した。

これまで無駄口をたたいてきた和久井も、さすがにこのあたりからはぐんと口数が少なくなってきた。

闇の中で聞こえるのは、ザクザクと火山礫《かざんれき》の道をふみしだく靴音と、金剛杖につけられた鈴の音色だけである。

「おい和久井、見ろ」

並んで歩いていた志垣が、和久井の肩をポンと叩いた。

「なんですか」

「あれだよ、あれ」

志垣は、山の傾斜沿いに上のほうを指さした。

「ありゃ〜」

なんとも複雑な声を和久井が出した。

はるか上のほうに、山小屋とみられる明かりがいくつも灯《とも》り、その明かりをジグザグ形に結んで、無数の光の点がきらめいていた。

「あの点々はもしかして……」

「人だろう」

ポツンと志垣がつぶやいた。

「照明を持った登山者の列が動いているから、ああやってチカチカまたたいてみえるんじゃないのか。それから、ちょっと大きめで明るい光が、七合目から八合目にかけての山小屋だと思う」

「この先、あんなところまで登っていかなくちゃならないんですか」

「ああ」

さすがに志垣も、ため息まじりの声を出した。

「けっこうありそうだな」

「ありますよ」

「しかも、その先にあるはずの頂上は、まるで見えていないという問題点もある」

「は～」

和久井はガックリとして、斜めに突いた金剛杖のてっぺんにアゴを載《の》せる格好をした。

「もう少し行ったら休憩するか」

「しましょうよ」

馬力のある志垣ですら、そろそろ休憩をとらないと身体がつらくなっていた。

まだこのあたりは標高二四〇〇メートルを越えたばかりのところである。しかし、空気の薄さは徐々に彼らの身体にダメージを与えつつあった。疲労度がまるで違うのである。

「じゃあ、あのカーブを曲がったところを目標にがんばろう」

志垣が前方を指さした。

「それでひとやすみだ」

「わかりました」

疲労のせいか、妙に素直になって和久井はうなずいた。

そして、ふたたびゆっくりと歩きはじめたが、しばらく行ったところで、和久井は懐中電灯で周囲を照らしながらつぶやいた。

「これ……霧ですか」

「ん?」

「ほら、見てください。なんだか周りがボワ～ッとしてきましたよ」

「霧じゃなくて雲だろう」

懐中電灯の明かりを拡散させる乳白色の空気を手で振りはらいながら、志垣が言った。

「おれたちは、雲の上を歩いていてもおかしくない高さにいるんだからな」

「そうかあ……雲ですかあ」

和久井は、感心したように周りを見回した。

「でも、まだこのていどの天気でよかったですね。これで雨でも降り出したら、本気で帰りたくなっちゃいますよ。こういうところだから、きっと土砂《どしゃ》降りになるだろうし、そうなったら頭からずぶ濡《ぬ》れですからね」

「いや、おれが経験者から聞いたところでは、富士山では、雨が下から吹き上げてくることもあるそうだ」

歩きながら志垣が言った。

「雨が下から、ですか」

「うん。雨雲よりも高いところに出た場合、下からの気流が雨粒を吹き上げるそうだ。だから、頭からずぶ濡れではなく、足元からずぶ濡れという状態になるそうだ」

「へえー」

「まあ、なんにせよ、天気予報は今夜も明日も晴れというから、安心していいんじゃないか。……さあ、そろそろ休憩地点だ……お！」

カーブを曲がったところでいきなり志垣が驚きの声をあげたので、うつむきかげんに歩いていた和久井は、ハッとなって顔をあげた。

そして、歩みを止めてしばらく目の前の光景を見つめ、それから小声でつぶやいた。

「すごい……」

闇の向こうに、宝石をちりばめたように光り輝く街並みが現れていた。

それも、下のほうに眺められるのではなく、空中できらめいていた。

こちらの視点があまりにも高いところにあるうえに、一面の闇なので、垂直の感覚と水平の感覚が混同して、二千数百メートル下に広がる遠くの街明かりが、まるで夜空高く浮かんでいるようにみえるのである。

赤・黄・オレンジ・緑・青・白と、さまざまな色合いを持つ光の集合体は、一つだけではなく、二つ、三つと闇に浮かんでいた。

そのところどころにうっすらと雲のベールがかかるさまは、登山者の誰もが足を止めて見入ってしまうほど幻想的な光景だった。

「あれが御殿場市《ごてんば》で、こっちが富士吉田市かな。その真ん中の小さめの光は、山中湖村《やまなかこ》かもしれん」

まるでプラネタリウムで星座を解説するような調子で、志垣が右から左へ指を動かした。

「さてと、いい景色も眺められたし、ちょっと腰を下ろすか」

「あ……そうですね」

あれだけすぐに休みたがっていた和久井ですら、志垣にそう声をかけられるまで、疲労をすっかり忘れて見とれていた。それくらい素晴しい眺めだった。

「いやあ、この景色が見られただけでも登ってきたかいがありましたよ」

志垣と並んで道端に腰を下ろすと、和久井は感動さめやらぬ面《おも》持ちでつぶやいた。

「日ごろ殺人事件の捜査に追われてばかりいるから、すっかり自然に目を向けることを忘れていましたけど、やっぱりいいもんですよねえ」

「妙に殊勝《しゅしょう》なことを言うじゃないか」

志垣は笑ったが、和久井はまじめな表情でつけ加えた。

「なんだか標高が一〇メートルあがるごとに、心がきれいに洗われていく、っていう感じですよ」

「おうおう、変われば変わるもんだな。六合目までのおまえは別人だったのか」

「ほら、よく言うじゃないですか。山を愛する人間に悪者はいない、って。あの言葉がわかる気がするなあ」

「たしかに……」

下ろしたリュックからスポーツドリンク入りの水筒を取り出した志垣は、その蓋《ふた》をねじって開けながら言った。

「登山というスタイルでなければ登れない山では、殺人事件が起きたという話は聞かないものな。山に死体を埋めたりするケースは、決まって車が入ってこられる場所にかぎる。こういうふうに汗を流し、息を切らせて登る場所には、悪いヤツはやってこないということだ。山が悪人を寄せつけないんだな」

「富士山で警察が出動するといえば、事故や遭難にかぎられるでしょうからね」

「山小屋で物盗《と》りなんかもないだろうし、まして殺人なんかは、起きるはずもなかろう。……おい、飲むか。疲労回復に効《き》くぞ、このスポーツドリンクは。三杏ボトラーズの『スーパーミネラル』」

「いえ、ぼくは水がありますから」

志垣の差し出した飲み物を遠慮して、和久井は自分の水筒から水を飲んだ。

そして、口の周りをぬぐいながら和久井がたずねた。

「そういえば警部、富士山の所轄《しょかつ》って、どこになるんですか」

「富士山というのは山梨《やまなし》県と静岡県にまたがっている以上、両方の県警の管轄になるんだろうな。具体的にいえば、北側の山梨のほうは、たぶん富士吉田署だろう。それから南の静岡側は、うーん……ちょっと待てよ」

　志垣はリュックのサイドポケットから地図を取り出して広げてみた。

「静岡は、西側が富士宮署で、東側が御殿場署ということになるかな」

「とするとですよ、素朴な疑問があるんですけど」

「なんだ」

「富士山のてっぺんは、いったいどこの所轄になるんでしょうか」

「……………」

　志垣は答えに詰まった。

「さあ、どーなるんでしょーかっ」

「おまえね、急にクイズ番組みたいなノリになるなよ」

　和久井にせかされて、志垣は渋《しぶ》い顔になった。

「さあ、警部。答えは」

「うーん……」

さしもの志垣も、すっかり腕組みをして考え込んでしまった。

「北側が山梨県で、南側が静岡県の富士山のてっぺんは、どこの所轄になるのか……うーん。言われてみると難しい問題だな、これは」

「さあさあ」

「さあさあ、って。それじゃ和久井、おまえは正解を知ってるのか」

「知りません」

和久井はあっさり答えた。

「でも、警部は先輩なんですから、それくらい知っていなくちゃ」

「知らんよ、こんなこと。けれどもな、おれが思うに……」

「警部が思うに？」

「所轄はないんだ」

「またー、適当な」

「だって考えてみろ、富士山のてっぺんで遭難が起きたとしようか。だけどその遭難者は、頂上から山裾《やますそ》へ広がる三百六十度の、どこかの方向へ落ちて行くわけだわな。つまり、不謹慎な言い方で申し訳ないが、仮に富士山のてっぺんから強風で吹き飛ばされた遭難者がいたとしても、山梨県側か静岡県側のどちらかに落ちるわけだから、そこで所轄を決めればいい。そうだろ。したがって、頂上問題に悩む必要はないのだ。……うん、これだな正解は。

富士山の頂上に警察の所轄はない」

「…………」

こんどは、和久井が斜めの視線で志垣を見た。

「いいんですか、そんな適当な答えで」

「警察というのはな、しっかりしているようで、あんがい適当なところがあるんだよ」

「内部の人間がそんなこと言ってどうするんです。じゃ、もしも富士山の頂上で殺人事件が起きたら？　そして、死体がその場にずっと残っていたら？」

「そういうケースは考えなくてもいいのだ」

志垣は平然と言った。

「なぜならば、富士山頂で人を殺すやつなど、いるはずもないからな」

5

志垣たちが休息をとっている、片側に石垣のつづく一帯では、ほかにも小休止をとるグループが大勢いた。

志垣と和久井から、およそ五〇メートルほど離れた先には、三杏ボトラーズの六人が、二人ずつのかたまりになって休んでいた。

いちばん上のほうにいる部長の今中は、三木里津子と並んで、道端に腰を下ろしていた。このペアは、ちょうど五合目をスタートしたときと同じ組み合わせだった。日焼けした肌と栗色に染めた長い髪がよく似合う三木里津子は、真っ赤なトレーナーにジーンズの組み合わせだった。

部長の今中は白い登山帽をとり、それを右手に持ってあおぎながら、はずむ呼吸を整えていた。

「部長」

里津子が、周りに聞こえないような声でつぶやいた。

「くどいって叱られるかもしれませんけど教えてください。出発前に、部長はなぜあんな驚きの声をあげられたんですか」

汗のにじんだ顔をあおいでいた登山帽の動きが、ピタッと止まった。

「教えてください、部長」

里津子は、真剣なまなざしで今中の横顔を見つめた。

「私、とっても気になるんです。どうして、部長があんな声を出されたのか。教えて……絶対に誰にも言いませんから」

里津子は、さらに今中に顔を近づけた。

その様子は、はたから見ると、まるで彼女がキスを求めているふうでもあった。

「言えない」

水から上がった犬のように、今中は、ぶるぶるっと頬の肉を震わせながら首を振った。

「それは言えない。……三木君、おねがいだから、もうその質問はしないでくれないか」

「でも……」

「きかないでくれ！」

声こそひそめていたが、今中は厳しい調子で里津子の問いかけを突き放した。

＊　＊　＊

「こうみえても、おれは作家志望だったんだよ。信じてもらえないかもしれないけどね」

渡嘉敷純二は、日本人形のような顔立ちをした松原萌と並んで腰を下ろしていた。

「作家？」

紫色のシャツに、しっかりとした登山用のズボンをはいた萌は、小首をかしげて渡嘉敷を見た。

「うん。おれって、外見からするとスポーツしか能がないような男に見えるらしいんだよな。一年中、日に焼けているのがいけないのかもしれないけど」

白い歯をみせて、渡嘉敷はにこっと笑った。

「だけど、ほんとうの趣味は小説の創作なんだ。ときどきペンネームを使って、こっそり賞に応募しているんだけど」

「知らなかったわ。どんな種類の小説なの」

「純文学」

「………」

「おどろいた？」

「……ていうか、ピンとこなくて」

萌は、複雑な微笑を浮かべた。

「だって、純文学ってつまらないんですもの」

その答えに、こんどは渡嘉敷のほうが意外そうな顔をした。

「きみがそんなことを言うなんて……まいったな」

「どうして？」

「だってさ、萌ちゃんは読書がいちばん似合いそうじゃないか。里津子はスポーツ、慧子はクラシック音楽、そして萌ちゃんは読書。それも日本の純文学っていうイメージだな」

「なぜ、日本の純文学って決めつけてしまうの」

「そりゃ見た目だよ。おれも外見でイメージをかためられてしまうことが多いけど、萌ちゃんも、やっぱり日本人形みたいな見栄《みば》えからすると、どうしたって和風のイメージがつきまとうもんな」

渡嘉敷の言葉に、萌はかすかに笑った。

複雑な表情の笑いだった。

その笑いをかき消すと、萌は渡嘉敷を見つめてたずねた。

「それで、渡嘉敷さんが書きたい小説って、具体的にはどういう内容なの」

「内容の前に、タイトルをきいてくれるかな」

「ええ」

「『空中都市殺人計画』」

渡嘉敷の答えに、萌は目をぱっちり見開いた。

「『空中都市殺人計画』？　それで純文学になるの」

「その題名で純文学だからおもしろいんだよ」

「ストーリーは」

「未定」

そう言って、渡嘉敷は肩をすくめた。

「なぜかといえば、このタイトルはたったいま、あの景色を見て思い浮かんだものだからさ」

彼は座ったまま、光り輝く空中都市を指さして言った。

「前から富士山には登りたいと思っていたんだ。どうしてもこの山にね。この山で何かに出会えると思っていたから」

「だから、『箱崎スピリッツ』のプロジェクト打ち上げの旅行先に富士山をすすめたわけ？」

「自分の興味をみんなに押しつけて悪かったけれどね」

「ううん、私も富士山に登ってよかったと思う。まだ六合目とちょっとだけれど」

そこでいったん言葉を区切ると、松原萌は、あらためて渡嘉敷の顔をじっと見つめた。

「ねえ……」

眉毛《まゆげ》が隠れるような位置できっちり切りそろえられた前髪——その真下にある両の瞳《ひとみ》が、妖《あや》しい光を放っていた。

「渡嘉敷さんて、慧子と結婚するんでしょう」

「え？」

唐突に放たれた質問に、渡嘉敷は戸惑いの表情を隠せなかった。

霧島慧子は三木里津子と同様、松原萌よりも二つ年上にあたる二十五歳だが、四年制の女子大を出ているため、入社年度は短大卒の萌と同期になった。それで、萌も慧子の名前を呼び捨てにしていた。

「渡嘉敷さんて、慧子と結婚するんでしょう」

萌は、まったく同じセリフで質問を繰り返した。それが、渡嘉敷には妙な圧迫感になった。

「仲いいんだな、って思っちゃった。さっき、六合目の山小屋で休憩しているときなんかに」

「………」

「彼女、すごい美人よね。お父さん、ノルウェー人なんでしょう。そのせいよね、ぜったいに日本人にはない綺麗《きれい》さだもんね、彼女」

「……ああ」

渡嘉敷は、仕方なしに、という感じで相槌《あいづち》を打った。

「どうして秘密にしてるの」

「何をだよ」

「だから、慧子と結婚することを」

「誰が言ったんだ、そんな話」

渡嘉敷は硬《かた》い笑いを浮かべた。

「慧子が、自分で」

「………」

「あのね、渡嘉敷さん」

はっきりした答えを返してこない渡嘉敷に、萌は言った。

「結婚する前に、私と遊んでみない」

「なんだって？」

渡嘉敷は、心底驚いた声を出した。

「おいおい、なんで萌ちゃんがそんなことを言い出すんだよ。里津子が言うならともかくさ」

渡嘉敷は、部長の今中と何事かを話し込んでいる三木里津子のほうに目を向けた。

その渡嘉敷の視線を引き戻すように、萌はつぶやいた。

「そうやって見た目の雰囲気で判断したら、里津子に悪いわよ。彼女、私たち三人の中でいちばん派手に見られているけれど、ほんとうはいちばん生真面目《きまじめ》な性格なんだから。そんなふうに、女をワンパターンの尺度でしかみれないと、作家にはなれないんじゃない？」

「言うなあ」

「既成概念に凝《こ》り固まったあなたには、とても参考になるかもしれないわよ、私っていう女は」

「どういうふうに」

「私ね、淫乱《いんらん》な女なの」

「萌ちゃん」

渡嘉敷は、目を丸くして萌を見た。

「ほんとよ、いま言ったことは。だけど、見た目でトクをしているから、誰もそうは思わないのね」

「冗談だろ」

「冗談じゃないわ。たとえば、私、糸川さんと寝たのよ」

「なんだって」

渡嘉敷はびっくりして、こんどは反対方向にいる同期の糸川を見た。

「だけどあいつは、里津子と……」

「人の婚約者をとっちゃうのが好きなの、私」

そう言うと、松原萌は渡嘉敷の腕をとって、もういちど自分のほうをふり向かせた。

「将来の作家さんのために、いいもの見せてあげるわ」

「いいもの？」

「小説家志望のあなたが、私のことを『日本人形みたいな』なんていう平凡な言い回しで表現してはいけないと思う。たんに、あなたはこの髪形にだまされているだけですもの……ほら」

松原萌は、切りそろえた前髪の下に片手を突っ込んで、それをパッと上にあげた。

「……！」

額《ひたい》をあらわにした萌を見て、渡嘉敷は驚きに目を見開いた。

まるで別人のような女の顔がそこにあった。

「驚いた？」

パタンと前髪を下ろし、ふたたび『日本人形のような』顔に戻った萌は、取り澄ました表情でつぶやいた。

「男の人をだますのって、かんたんね」

＊　＊　＊

「糸川君、どうしてあなた、里津子をふったの」

霧島慧子は、端整な顔立ちをまっすぐ糸川紀之に向けてたずねた。

「あなたと里津子って、結婚の約束をしていたんじゃないの」

「なんだよ、急に」

学者のような顔立ちをした糸川は、いきなりとがめるような口調で問い詰められ、どぎまぎした態度を隠せなかった。

「里津子、ずいぶん泣いていたのよ」

「あ、そう……」

「あ、そうじゃないでしょ。どうしてなの。何があったの」

「悪いけど、霧島さん。今回は、プロジェクトチームの打ち上げで富士山にきているんだよ。そんな話を、こういうところで持ち出さないでほしいな。せっかくぼくは、美しい夜景に見とれていたのに」

「萌にだまされないでね」

慧子は、彼女の視線からのがれようとする糸川に追い討ちをかけた。

「もしもあなたが萌に誘惑されて、そのせいで里津子のことを捨てたとしたら、それはとんでもない間違いよ」

「霧島さん。悪いけど、説教はごめんだよ」

そっぽを向いたまま、糸川は言った。

「たしかにぼくと里津子は別れたよ。その別れ話は、ぼくから切り出したのも事実だ。だから当然、里津子はぼくのことを悪く言うだろうよ。それは仕方ないことだと思ってる。でも、それを真《ま》に受けないでほしいな」

「里津子、きのうおとといと有給休暇をとったでしょう」

慧子は静かに言った。

「ああ、そうだな。だから、きょうは彼女だけは現地集合にしたんだろ」

「なぜだか知ってる？　里津子が休みをとった理由を」

「知らないよ。たんに休みがたまっていたからじゃないのか」

「呑気《のんき》な人ね」

慧子の口調は、明らかに怒っていた。

「彼女はね、この富士登山の旅行に参加しようかどうしようか、迷っていたのよ。いまさら明るい顔をして、糸川君といっしょの場所に出られないわ、って」

「そりゃぼくだって同じ気分だよ」言いわけめいた調子で、糸川は言った。

「だけど、まだ里津子と別れたことは大っぴらになっていないんだ。だから、こっちだって平然としているのが大人ってもんだろ」

「糸川君、あなた認識が甘いわ」

「なんで」

「里津子ね、自殺しちゃおうかな、と思ったんですって」

「なに！」

ビクンと身体をこわばらせ、糸川はメガネの顔を慧子に向けた。

「木曜と金曜の二日間、どこかで自殺しようと思って、ずっと死に場所を考えていた——そんなふうに電話があったのよ。ゆうべ遅くに」

「どこから。自宅からかけてきたのか」

「そんなことまでは知らないわ」

「……」

「糸川君、そのときの彼女の声をあなたに聞かせてあげたかったわ」

「口ではなんとでもいえるさ」

「なんですって」

「自殺しようと思ったなんて、口ではどうにでもいえるということだよ」

学者のような糸川のこめかみに、青い筋が浮き立った。

「そうやって同情を引くのが、いつだって女のやり方なんだよな。そんな手口が許されるのなら、ぼくだってやりたかったよ。渡嘉敷のところへ電話をかけて、『もしもし、純二か。おれだけど……里津子とうまくいかなくて、いまから自殺でもしようかと思ってるんだよ』って」

「糸川君！」「怒るなよ！」

かぶせるように、糸川が言った。

「もしも里津子が本気で自殺を考えていたなら、あんなふうに平気な顔をしていられるかい」

彼は、いちばん向こうで今中部長と話をしている里津子を見やった。

「女どうしで、おたがいのことがどれだけよくわかるのか、それは知らない。霧島さんが、同期の三木里津子という女をどこまで把握しているか、それも知らない。でも、言っておくけれど、ぼくは里津子とベッドまでともにした男なんだよ。そこまでいけば、相手の性格というものは、いやでもわかるじゃないか。そのぼくが断言するんだ。賭《か》けてもいいけど、里津子が自殺を考えたなんてウソだ。ひょっとしたら、この旅行の直前に二日間の有給休暇をとったのは、自殺物語を作るための段取りだったのかもしれない」

「ひどくない？　そのとらえ方」

「ぜんぜん」

糸川は、首を横に振った。

「まる二日、自殺を考えていたというなら、ぼくは里津子にききたいね。じゃあ、その四十八時間、きみはどこで何をしていたんだ、って。青木ケ原《あおきがはら》の樹海《じゅかい》をさまよっていました、という答えでも返ってくるのかな。でも現実はそうじゃないだろ。銀座《ぎんざ》でショッピングか、六本木で飲んでいたか……」

「糸川君」

霧島慧子は相手を睨《にら》みつけた。

「私、あなたを見損《みそこ》なったわ」

「そちらの一方的な決めつけで見損なうなら勝手にどうぞ。それから断っておくが、ぼくと萌のことを非難するのはお門違《かどちが》いだと思う。もう、里津子と何の関係もない以上、萌とぼくがどんなつきあいをしようと、それは他人から咎《とが》められる筋合いのものではない」

「……」

「まあ、そんなに怖い顔で睨むなよ」

一方的にまくしたてた糸川は、少し言いすぎだったかな、というふうに表情を和《やわ》らげ、相手の機嫌を取《と》り繕《つくろ》うように言った。

「きみは渡嘉敷とうまくいっているわけだろう。自分が幸せなら、それでいいじゃないか。人のことまでおせっかいをやくなよ。美人が目を吊《つ》り上げるのはいただけないよ。……さてと」

糸川は、パンパンと尻に付いた砂利《じゃり》を払って立ち上がった。

そして、里津子と並んで座っている今中に、大きな声で呼びかけた。

「部長、そろそろ行きましょうか」

四．雲の上の殺人者

1

六合目先の、光の空中都市が眺められるポイントからさらに登っていくと、かなり急勾配《きゅうこうばい》のジグザグルートが待ち受けている。

土《ど》どめの石垣で固められた坂道が、これでもか、これでもかというほど折り返しつづくため、ここまで来ると、かなりのスローペースで登るか、それともひんぱんに小休止を入れることが必要になってくる。

それでも、さすがに警察官である。あれだけ出だしでは頼りない発言を繰り返していた和久井が、口数が少なくなるのと反比例して、足取りがしっかりしてきた。

そして、志垣も四十代後半とはいえ、そこは日ごろ体力的に鍛えている鬼警部である、和久井とまったく同じペースで黙々と上を目指した。

すでに彼らは、三杏ボトラーズの六人を追い抜いていた。女性三人のうち、いちばん運動能力がありそうな、真っ黒に日焼けした三木里津子が、がっくりとペースを落とし、彼女の要請で何度も小休止を繰り返していたからである。

このジグザグの坂道を登り終えると、こんどはゴロゴロした岩場が待っている。岩盤の裂け目《さめ》に板を渡した場所があったり、鎖場の急坂をクリアすると、ようやく七合目のいちばん下の山小屋『日《ひ》の出館《でかん》』にたどり着く。

そのつぎに出てくる山小屋が、志垣たちが泊まる『七合目トモエ館』だった。途中で休息を何度か入れたものの、二人の山小屋到着は午後八時二十分と、まずまずのペースである。

このトモエ館という山小屋は、上の八合目にもあり、小屋どうしで電話連絡が取れるようになっていた。

志垣らが着いたときにも、この電話連絡をやっていて、「えー、阪急《はんきゅう》の2号車、三名落ちました。いまからそちらへ向かうのは無理なので、こっちに泊まってもらいます」などと連絡をしあっている。

落ちた、といっても滑落《かつらく》ではなく、落伍《らくご》のことである。本来なら八合目に泊まる予定の団体のうち、三人が遅れて七合目泊まりになるということだ。

「いやあ、しかし疲れたあ」

山小屋の中に入るなり、志垣のほうが先に声をあげて椅子にどっかと倒れ込んだ。

「和久井のことだから、どうせ途中で何度も泣きが入ると思っていたら、六合目すぎから意外にマイペースをつかみやがって。おかげでこっちは休憩するチャンスが少なくてまいったぞ」

「そりゃそうですよ」

志垣の隣りの椅子にリュックを下ろすと、和久井は平然とした顔で言った。

「あのままヒーヒー泣きながらここまで登りつづけてたら、ほとんどユーモアミステリーの刑事になっちゃいますよ」

「ちがったのか」

「出だしはほんのご愛嬌《あいきょう》。後半がほんとのぼくの姿なんです」

「どんなもんだかね。たんに美人を見て目が覚《さ》めたというだけじゃないのか」

「まあ、それもありますけど」

「ところでメシはどうなっているんだ」

「予約のときに頼んでありますよ。もう夕食にしますか」

「だっておまえ、よくよく考えたら河口湖駅前でソバかなんかを流し込むはずだったのが、ゲートが閉まるからとあわててタクシーに乗って、何も食わなかったんだ」

「そのあと、五合目の休憩所では、いま食べると山小屋の夕食が入らなくなるから、と言ってやめたんでしたね」

「こんなにくたびれるんだったら、あそこで何か腹に入れておいてもよかったよなあ」

志垣は、はらぺこだというふうにお腹《なか》のあたりを叩いた。

「ま、とにかくこれだけ運動した後だと、メシも格別だわな。バーンと食おうじゃないか」

「じゃ、あそこで頼んできましょう」

そう言って、調理場のほうへ行った和久井は、やがて情けなさそうな顔をして戻ってきた。

「警部う〜」

「なんだ、その声は。それじゃ、また元のパターンだぞ」

「だって晩ご飯、これだけですって」

和久井がもってきたのは、器《うつわ》に入ったカレーライスだった。

「え、それだけ？」

志垣が顔をこわばらせた。

「夕食が付いているって、カレーライスのことなのか」

「はい。正確にいいますと、カレーとライスとタクアンですけど」

「おれはまた、民宿の晩メシを想像していたんだけどな。まあ、刺身や焼き魚はないにしても、キャベツ山盛りのトンカツに目玉焼き、煮物に酢の物に、それからお新香……」

「ぼくもです。……でも、考え甘かったみたいですね」

志垣の向かいに座ると、和久井は小声でつぶやいた。

「ここで、いまみたいなゼイタクな要求をしたら、間違いなくぶっ飛ばされますよ」

「せめて味噌汁《みそしる》はないのか、味噌汁は」

志垣も遠慮がちにささやいた。

「売り切れだそうです」

「じゃ、ビールは」

「そうくるだろうと思って、あらかじめきいてみましたが、これも売り切れだそうです」

「なに」

志垣はガクッと肘《ひじ》を滑《すべ》らせた。

「ビールもないだと」

「仕方ないですよ、警部。よくよく考えたら、山終まいのあとに、ぼくらはきているわけですから。無理はいえませんよ」

「そうなると、このカレーライスと、あとは水があるのみか」

「いえ、富士山では水は貴重品ですから、売り物以外には出ません。とりあえずお茶が一杯ついてますけど」

「とほほ」

こんどは志垣が、和久井ばりの情けない声を出した。

「質実剛健だなあ」

「……ですね。さあ、いつまでも嘆いてないで食べましょうよ」

「おい、あそこにいろんなメニューが飾ってあるけど、おでん定食っていうのはどうなんだ」

「それもリクエストがくるだろうと思ってきましたが、おでんも売り切れだそうです」

「は〜」

志垣は空気が抜けるような声を出した。

「こりゃおもわぬところでダイエットをすることになったな」

「ちょうどよかったじゃないですか」

「よかあないよ」

そう答える志垣の視線が、ふとメニューの上のほうに止まった。

「ところで和久井、あれは何なんだ」

志垣は、山小屋の壁に名前を書いた木札がずらりと掛かっているのを指さした。

いわば千社札《せんじゃふだ》を大きくして木製にしたようなもので、人名や屋号が大きく、そしてその上に、地名が小さく勘亭流《かんていりゅう》や隷書体《れいしょたい》などで書き込まれている。

たとえば——

亀戸　八百政
亀戸　太郎兵衛屋敷
亀戸　及川常吉
両国　柏甚
大島　岩崎三五郎
大島　角栄
神田　村田
馬喰四　末廣
深川世話人　瓦岡庭

といった具合である。

和久井も、その意味がわからずに首をひねっていると、そばにいた白髪の登山客の一人が、「あれはですね……」と、いきなり説明をはじめた。

「富士講《ふじこう》を代表して富士山詣《もうで》をした人たちの、記念の名札なんですよ」

2

「フジコー？　ですか」

「はい、富士講です。お若い人はごぞんじありませんかな」

白髪の老人は、いぶかしげに繰り返す和久井に向かってほほえんだ。

「話は江戸時代あたりに溯《さかのぼ》りますがね、当時から富士山は信仰の山として、多くのひとに崇《あが》められていました。とりわけ将軍吉宗の時代に、食行身禄《じきぎょうみろく》が現れてからは、富士信仰にいっそう拍車がかかりました」

「ジキギョーミロク……って、人の名前ですか」

和久井がきいた。

「ええ、そうです。富士信仰の普及は、この人なくしてはありえなかったかもしれない。それほど功績があった人でしてね、信仰が高じて、最終的にはこの富士山で死を迎えたお方です。いまもこの上の、八合目の元祖室《がんそむろ》というところにお祀《まつ》りしてありますがね」

「はあ……」

「で、富士信仰が広まりますと、当然、みなさん自分で実際に神の山にお参りをしたいと思いますね。ところがなにぶん昔のことですから、かんたんに誰もが行けるわけではありません。そこで信者の人々がお金を出しあって、代表者に富士山へ参拝に行ってもらうことにしたんです。これがすなわち富士講ですな」

「なるほど、そのときの記念のお札があそこに飾ってあるというわけですか」

志垣警部も納得して、あらためて四方の壁をぐるりと見回した。

「しかしあれですな、こうしてみると東京の下町が多いですな。亀戸《かめいど》、両国《りょうごく》、大島《おおじま》、神田《かんだ》、馬喰町《ばくろちょう》、そして深川……」

「そうですねえ。私もじつは東京の下町育ちなんですが……」

年配の登山客は言った。

「たとえば総武《そうぶ》線沿線の下町に、浅間神社《せんげんじんじゃ》と名のつくところが多いですね。亀戸、それから平井《ひらい》、篠崎《しのざき》ですか。あと方角は変わりますが、山手《やまのて》線の駒込《こまごめ》。それから西のほうへ行って、西武池袋《せいぶいけぶくろ》線沿いの江古田《えこだ》、東長崎《ひがしながさき》。東武東上《とうぶとうじょう》線の成増《なります》。さらには東急東横《とうきゅうとうよこ》線の多摩川園。こういった各地に浅間神社がありますが、こうした神社のほとんどは、境内に富士塚というのを造っておりましてね」

「ひょっとすると、それは富士山のミニチュア版のことじゃありませんか」

志垣がきくと、初老の男は「そうです」と大きくうなずいた。

「富士講で代表の人を本場富士山へ送り込むだけでなく、東京にいながらにして『富士登山』ができ、『富士山頂』での参拝ができるように、小型版の富士山を神社の境内の片隅に造るような習慣が生まれました」

「それは、何でできているんですか」

　和久井がたずねた。

「実際に富士山から熔岩を持ち帰りまして、それを元にして富士塚を造るようです。そして、たいていのところは、富士講の講祖《こうそ》である食行身禄が祀ってあります。そうそう、富士塚を備えた神社は、下町にもうひとつありました」

　志垣と和久井がカレーライスを食べるタイミングを失っているのにも気づかず、その登山客は話をやめなかった。

「私の地元、江東区に富賀岡八幡宮《とみがおかはちまんぐう》というのがあるのですが、そこにも一〇メートルほどの高さの富士塚がありますよ」

「ああ、例の横綱の碑があるところで有名なお宮ですね」

と、志垣が言うと、白髪の男は「いえいえ」と手を左右に振った。

「よく間違えられるんですがね、あなたがおっしゃるのは富岡《とみおか》八幡宮でしょう。深川のお不動さまの隣りにある」

「ええ、そうです」

「私が言うのは、富賀岡八幡宮――『とみおか』ではなく『とみがおか』と『が』が入ります」

「あ、そうなんですか。字は？」

「これがまたねえ、面白いことに字もそっくりなんですよ。富岡八幡宮の『富岡』の間に、賀正の『賀』を入れると富賀岡八幡宮になります」

「そりゃ、文字面《もじづら》だけ見たら早トチリしそうですな」

「しますとも」

初老の登山客は、また大きくうなずいた。

「しかも、どうしたことか、場所も同じ江東区で、直線距離にしてほんの三、四キロしか離れていないんですよ。富岡八幡宮のほうは地下鉄東西線《とうざいせん》の門前仲町駅で降りますが、富賀岡八幡宮のほうは同じ東西線で、門前仲町から木場《きば》、東陽町《とうようちょう》と過ぎて、三つ目の南砂町《みなみすなまち》にあります」

「ますます似通《にかよ》っていますね」

「ええ」

「そうしますと、その二つの八幡宮は、おたがいに何か関係があるのですか」

「特にないようですよ。富岡八幡宮のほうは、あるいはご承知かもしれませんが、神仏習合の時代に深川不動――すなわち成田山新勝寺とのつながりができておりますのでね。一方の富賀岡八幡宮は、いま申し上げたように富士信仰にゆかりあるお宮です」

「しかし、それだけ字も似ていると、無関係とは思えませんがね」

「トミガオカという地名は『遠見が丘《とおみがおか》』から来るという説もありますが、この八幡宮に関していえば、『富』というのは秋の実《みの》りを表すらしいんですよ。つまり、丘から眺め渡せる秋の実りを賀《が》す、というところから富賀岡、となるらしいのです。この富賀岡八幡宮の周辺は、元八幡《もとはちまん》と呼ばれておりますが、一説によりますと、これは深川不動の隣りの富岡八幡宮に対して、こちらの富賀岡八幡宮のほうが本家本元なんですよ、と主張している意味を表しているらしいんですね」

「ほう……しかし、お詳《くわ》しいですなあ」

と志垣が感心すると、白髪の登山客は、照れくさそうに頭をかきながら「下町郷土史を研究しておりますもので」と、つけ加えた。

「なんだか、おふたりのお話に割り込んで、すっかり長話になってしまいました。ちょうどお食事を召し上がるところだったようで、これは失礼を致しました」

そう言うと、男は金剛杖を引き寄せて立ち上がった。

「え、いまからまた上に行かれるのですか」

志垣は、驚いて相手を見上げた。

「はい。ここは食事休憩に立ち寄りましただけですので。それではお気をつけて、ごきげんよう」

白髪の頭を下げると、初老の登山客はナップザックを肩にかけ、杖の鈴を鳴らしながら、山小屋の扉を開けて夜の闇に姿を消した。

3

山小屋の夜は早い。

志垣たちがカレーライスを食べているころにも、すでに『トモエ館』の奥にある二段式のベッドでは、大勢の登山客が明日の行程に備えて睡眠をとっていた。

二段式ベッドという表現は、実際には正確であるとはいえない。『赤石岳《あかいしだけ》』『聖岳《ひじりだけ》』『三《み》ツ峠《とうげ》』などと名づけられた、上下に分かれたベッド風のスペースが、人がひとり歩ける程度の狭い通路をはさんで両側に並んでいる。

この、間口《まぐち》一六〇センチ、奥行き二一〇センチほどの区画に四人分のふとんが敷いてあり、そこに各自並んで寝るようになっている。

志垣と和久井も、食事を済ませると早々《そうそう》に、与えられた寝床に潜《もぐ》り込むことにした。

「他にすることもないから早く寝るか」

と、志垣は、つい都会にいるときの感覚でつぶやいたが、ここで仮眠をとっている人間は、みな起きる時間が非常に早い。だから、夕食を済ませたら、体力保存のためにもさっさと寝なければならないのである。

富士山の山小屋における起床時刻は、御来光をどこで拝むかによって三通りに分かれる。この山小屋の前で迎えるか、山頂で迎えるか、それとも御来光は見ないで、ひたすらぐっすり眠るか、である。

御来光を拝もうとする者は、わざわざ自分で目覚まし時計をかけなくても、所定の時刻になると山小屋の人間が声をかけて起こしてくれる。ただし、個別に身体を揺《ゆ》すって起こすのではない。

たとえば七合目だと、御来光の四時間前——八月末だと午前一時すぎに「頂上で御来光拝む方、起きてくださあい」と、大きな声がかかる。

もちろん、この声でみんなが起きてしまうのだが、該当《がいとう》しない人間は、そこで目が覚めても、すぐにまた眠りにつくくらいの器用さがないといけない。

そしてまた数時間がすぎ、御来光の十五分前になると、また山小屋の人間が「もうすぐ御来光ですよー、起きてくださあい」と、声をかけにくる。これは山頂ではなく、山小屋から御来光を拝もうとする人のためのものだ。

志垣と和久井は、午前四時五十分に、この声で起こされた。たっぷり七時間は寝た計算になるが、二人ともあまり熟睡した感じはなかった。

眠い目をこすりながら、山小屋の外に出てみると、キュンと身が引き締まるような冷気が身体を包む。

早くも大勢の登山客が山小屋の前に集まって、まだ紺色の闇に包まれた東の空を、白い息を吐きながら見つめていた。

「いやあ、この寒さはさすがに目が覚めるな」

外に出た志垣は、足踏みをしながら自分の頰をパンパンと叩いた。

「警部、せっかくですから、御来光をバックに記念写真撮《と》りましょうね」

と、和久井も寒さに手をかじかませながら、インスタントカメラを構えて太陽が昇ってくるのを待った。

＊　＊　＊

同時刻、富士山頂――

殺人者は、おもわぬ成功に興奮していた。

仮眠をとるために泊まった八合目の山小屋を出発し、吉田口の富士山頂に到着したのが、御来光ギリギリの四時五十五分だった。

すでに、山頂に集まっている何百人という登山者は、閉鎖された石室《いしむろ》の山小屋前に集まり、東の空に向かってカメラなどを構えながら、黄金の太陽が姿を見せる瞬間を、いまかいまかと待っている。

殺人者と被害者をのぞく三杏ボトラーズの四人は、富士登山の最大の目的である山頂での御来光を見ようと、急ぎ足に見物場所の確保に向かった。

しかし、殺人者だけは、さりげない言葉で部長の今中篤史を石室の裏側に誘い込んだ。予定通り、そこにはまったく他に人影がない。みな、すべて御来光の方角に注意がいっているからだ。

「なんだね、折り入っての話とは」

軍手をはめた手で乱れた前髪をかきあげながら、今中はたずねた。その息は大きく弾《はず》んでいる。

無理もない。御来光の時間に遅れまいと、彼自身が先頭に立ってピッチをあげて登ってきたからである。その息を整えるまもなく殺人者に呼び出され、今中の胸は大きく上下していた。

だが、もしかしたら今中は、これから起きる最後の瞬間を予知して、恐怖にあえぎはじめたのかもしれない——殺人者はそう思った。

「最後に教えてください。部長、あの叫び声はなんだったんですか」

殺人者のその問いかけに、今中は「え」という表情になった。

『最後に』というひとことの持つニュアンスに、不吉な予感が走ったのだ。

「みんなが疑問に思っているんです。ですから教えてください。なぜ、五合目のトイレで部長は叫んだのですか。何を見て叫んだのですか」

「こんなときに聞かなくてもいいじゃないか。その話はもういい。いいといったらいいんだ」

今中は憮然《ぶぜん》として言った。

「いいえ、知りたいんです」

殺人者は詰め寄った。

「あのとき部長は震えていましたね。何を見て、あんなに怖がっていたんですか」

殺人者の白い息が、今中の顔にかかった。

「うるさい」

追い払うように、今中は片手を大きく振った。

「あれはなんでもないと言っただろう。とにかく、もう日の出になってしまう。みんなのところへ戻るぞ」

「だめです」

殺人者が前に立《た》ち塞《ふさ》がった。

「もう、部長は御来光を見ることができません」

「なに？」

「いえ、きょうだけでなく、もう二度と太陽が昇るのを目にすることはないはずです」

「なんだって……」

と、問いかけるまもなく、殺人者が今中の後ろに回り込んだ。

思いも寄らぬすばやい動作だった。

殺人者は軍手をはめていた。左右の人差指から薬指にかけて、その指先が不自然にぽっこり盛り上がっていた。

その手で、いきなり後ろから首を絞められた。

軍手の指の部分に何か入っているらしく、異常に固いものが今中の喉仏《のどぼとけ》に触れた。

そして、力が加わり喉仏が押《お》し潰《つぶ》された。

ゲッという音が、今中の口から洩《も》れた。

間髪《かんはつ》入れず、彼の首に荷造り用の赤い紐が巻きつけられた。

喉の周囲の皮膚がちぎれたかと思える激痛が走った。

今中は、まったく抵抗ができなかった。もがくことすらできないうちに、赤い紐がどんどん喉に食い込んだ。

目の玉が飛び出し、こめかみの血管が切れそうな強烈な苦痛に襲われた。どうして、なぜ、という疑問が今中の頭の中で渦巻いた。なぜ自分が富士山頂でこんな目にあわなければならないのか。

だが、その答えを見出す前に、彼は意識を失った。

それでも殺人者は力をゆるめなかった。

そして、今中が断末魔《だんまつま》の痙攣《けいれん》に襲われるのを確認したのち、ようやく手を放した。

急いで周囲を見た。

誰もいない。

首に赤い紐が巻きつけられたままぐったりしている今中の身体を山小屋の壁にもたせかけ、殺人者は軍手をはずした。

そして指の部分を裏返し、六個の凶器を取り出した。

指先とほぼ同じくらいの大きさをした、鋼鉄製のナットである。この鋼鉄のナットが鉄の爪となって、今中の喉仏を押し潰したのだ。

殺人者はそれを自分のポケットにしまうと同時に、今中の軍手をとり、代わりに自分がしていた軍手を死体の両手にすばやくはめた。

紐の擦《す》り跡《あと》がついた軍手をいつまでもはめていたくないからだ。

はじめは指先の部分が膨らんでいたが、何度か引っ張るうちに、繊維の方向が変わって形が整えられた。

そして殺人者は、入れ替わりに、今中の軍手を自分の手にはめた。

これだけの行為をあっというまに済ませると、殺人者は何食わぬ顔で、山小屋の表のほうに戻った。

すでに、東の空は白みかけていた。

御来光の瞬間をいまかいまかと待ち望んでいる人々は、自分たちの後ろの山小屋の陰から、日本最高地点の殺人を終えた犯人がゆっくりと姿を現したことなど、誰ひとり気づきもしなかった。

＊　＊　＊

七合目で御来光を待ち受けていた志垣警部と和久井刑事は、いよいよその瞬間が近づいてきたのを知って、寒さのために足踏みをしていたのをピタリとやめた。

時刻は五時五分、日の出の時刻である。

東の空が明るみはじめてくると同時に、雲海の色が黒から灰色へ、そして白へと変わっていく。

しかし、ぶあつい雲海に遮《さえぎ》られて、太陽はまだ姿を現していなかった。

意外なほど空が白々《しらじら》となってから、やっと雲海のもっとも遠い一点から、ポッと黄金の光が顔をのぞかせた。

人々の間からオーッという声があがった。

「警部、写真、写真。……そこに立って……ああ、もうちょっと右、右」

和久井はインスタントカメラを構えて、志垣に立つ位置を指示した。

「いきますよー。はい、チーズ」

かしこまって気をつけのポーズをとる志垣警部の顔に、ストロボの光がピカッと放たれた。

＊　＊　＊

富士宮市のアパートでは、高校生の栗原由里が、とうとう一睡もできないまま夜明けを迎えていた。

夜通し電話を鳴らしても、ついに姉の美紀子は受話器をとってくれなかったのである。

（お姉ちゃんに何かあった……）

窓辺に立ち、富士山の方角から昇ってくる太陽を充血した目で見つめながら、由里の心は不安で押し潰されそうになっていた。

（朝いちばんの新幹線で行かなくちゃ）

不安で地に足がつかない気分のまま、由里は東京に行くための身支度《みじたく》を整えはじめた。

五・死者の紅《あか》い涙

1

現在の富士山が火山活動を休止したのは、いまからおよそ三百年前の宝永《ほうえい》四年（西暦一七〇七年）のことだが、それ以前にも、火山活動中であるにもかかわらず、神の山への登山はつづいていた記録がある。

しかし、その神聖なる山頂で殺人事件が起きたというのは、長い富士山の歴史でもはじめての出来事だった。

今中篤史の絞殺体が発見された山頂は、もはや御来光どころではない混乱状態に陥《おちい》っていた。

死体の倒れている場所を中心に、半円形に野次馬《やじうま》の人垣ができ、白人、黒人、東洋人、日本人入り乱れて、押すな押すなの大騒ぎである。

三杏ボトラーズの五人は、殺されたのが自分たちの上司であると知って、激しい動揺を見せた。

松原萌は泣き出し、三木里津子はその場にふらふらと倒れ込み、霧島慧子は金切《かなき》り声《ごえ》を張り上げた。

そして、糸川紀之は身を震わせ、渡嘉敷純二はやたらに怒った。

五人の中には今中篤史を殺した犯人が含まれていたが、その演技力が巧《たく》みだったのと、周囲の人間が動転しているために、それと悟《さと》られることはなかった。

「とにかく警察に連絡をせんといかんぞ」

誰かが叫んだが、その方法がすぐにわからなかった。

なにしろ、山頂の山小屋はすべて三日前に閉められている。

夏の間、富士山頂にはNTTが臨時の電話局を開設していたが、すでにそこも八月二十日で閉められていた。

登山者の中に携帯電話を持っている人間が何人かいたので試してみたが、標高三二〇〇メートルの白雲荘《はくうんそう》近辺からかけたときには確かに下界につながったというそれも、山頂では何度かけても虚《むな》しく『圏外』の表示が出るばかりだった。

「測候所に知らせにいくのが、いちばん手っ取り早いんでねえかい」

登山者の一人が叫んだ。

富士山最高地点である剣ケ峰《けんがみね》に建つ富士山測候所は、一同のいる吉田口山頂からみると、『お鉢巡《はちめぐ》り』とよばれる噴火口周回ルートを半周した向こう側にある。

半円形の白いドームも、もちろん見えている。それだけに、走ればすぐのようにおもえるが、そこまでは、距離的に短い反時計回りの方角から行っても一キロ以上あった。

「それよりも、本《ほん》八合のトモエ館とか胸突江戸屋《むなつきえどや》まで駆け下ったほうが早い。あそこはきょうも開いてたからな」

別の登山者が指摘した。

「距離は測候所まで行くのと大して変わらないけれど、下り坂を一気に飛んでったほうが早く着くぞ」

「じゃあ、おれが行ってこよう」

体力に自信のある渡嘉敷純二が言った。

「またここまで登ってくるのが大変だけど……とりあえず、後をたのむぞ、糸川」

同僚に声をかけると、渡嘉敷は八合目へ向けて、いまきた道を駆け下りはじめた。

*　*　*

本職の志垣警部でさえよく知らなかった富士山における警察署の所轄区分は、ちょっと変わった形態をとっている。

富士山は、そのほぼ真ん中で、山梨県と静岡県にスッパリ分けられている。

その北側は、山梨県警の富士吉田署が管轄し、南側は、御殿場口の中腹にある宝永山よりも東側を静岡県警の御殿場署、西側を同じく静岡県警の富士宮署が担当する。

ただし、『お鉢』と呼ばれる噴火口をとりまく一周三〜四キロの頂上部分は、すべて静岡県警の管轄になっていた。

そして、火山礫《かざんれき》の間から雪解け水が流出する霊泉《れいせん》『金明水《きんめいすい》』と『銀明水《ぎんめいすい》』を結ぶ線で、さらにお鉢を二分し、東側を御殿場署、西側を富士宮署が担当する。

したがって、山梨県側から登ってくる吉田口登山道は、頂上直前までは山梨県警富士吉田署の管轄だが、一歩頂上部分に到達したとたん、静岡県警御殿場署の管轄に変わる。

ただし実際には、富士山の領域において厳密な管轄の区分はなく、最初の通報がどちらの警察へなされたか、という点を考慮しながら、話し合いで持ち分を決めるのが慣習になっていた。

管轄区分はあくまで山の事故を想定しての取り決めで、殺人事件が発生した場合はどうするかということまでは、考慮に入れられていなかったのである。

午前五時四十五分——

血相《けっそう》を変えて八合目の山小屋まで飛んで下りた渡嘉敷は、そこの電話で警察への通報を依頼した。

ここからの一一〇番は、山梨県警富士吉田警察署に通じる。

通常の山岳遭難は地域課が担当するが、富士山頂での殺人事件発生ときいて署内は色めき立った。

すぐに富士吉田署から静岡県警御殿場署へ協力要請がなされ、写真と鑑識を含めた刑事課の捜査員五名が出動することになった。

富士山には一般登山道とは別に、『ブル道《みち》』と呼ばれるブルドーザーの通れる道路が、山頂まで何本か作られている。夏の間の山頂や各山小屋への物資運搬は、このブル道を使って行なわれる。

昔のように強力《ごうりき》を頼まなくても、山小屋の人間は、自分のところにもっとも近いブル道までとりに行けばよいのである。そして、今回警察はこのブル道を使って山頂へいち早く到達する方法をとった。

署内には、どうせ相手は死んでしまっているのだから、急いだって同じだ、徒歩で行けばいいだろうという呑気な声もあったが、現場保存《げんじょうほぞん》の観点からいっても、なるべく早くそこへ着く必要があるとの判断が下された。

早朝五時五十五分、御殿場署を出発した捜査員一行は、二台のジープに分乗して山頂へ向かった。

ブルドーザーでなく、ジープではたして山頂まで行けるかどうか、じつは署員の中で誰もそれを経験したものがいなかったが、いざとなったら途中からは徒歩で向かう覚悟だった。

さらに、御殿場に基地を持つ富士山運搬組合にブルドーザーの出動が要請された。

これは死体の搬出作業のためである。

先行する捜査員のジープは、県道富士公園太郎坊《たろうぼう》線から御殿場口登山道に入り、『お中道《ちゅうどう》』と呼ばれる標高二八〇〇メートルの山腹を周回する荒れた道路に沿って須走口《すばしりぐち》へ向かい、そこからブル道に合流して山頂を目指した。

富士山は、まさに過去の歴史にない慌ただしい朝を迎えることになった――

2

史上初の日本最高峰での殺人事件がこの先で起こっているとも知らずに、志垣警部と和久井刑事の二人は、質素な朝食をとったのちに、山頂目指して七合目の山小屋を出発していた。

天気は快晴。絶好の登山日和《びより》である。

しかし、富士登山はここから先が難所だった。

鳥居荘《とりいそう》から東洋館《とうようかん》という山小屋をすぎたあたりで、標高はいよいよ三〇〇〇メートルに突入する。高山病を警戒しなければならない高さである。

熔岩の合間に作られた急坂の道を休み休み登っていくと、標高三一〇〇メートルのところに、へんぽんと日章旗を翻《ひるがえ》している山小屋があるが、この八合目の太子館《たいしかん》あたりが、ちょうど高山病に罹るか罹らないかの目安になるポイントだった。

ダメな人間は、だいたいこのあたりで頭痛や吐き気、めまいなどに襲われ、下山を余儀なくされる。

現に、志垣たちが登っていく間にも、高山病でダウンしました、と言いながら、青ざめた顔で下山していく登山者と何人もすれ違った。

実際、志垣たちも、一歩一歩の足取りがこれまでとは比較にならないほど重たくなってきた。まるで、靴に鉛《なまり》でも入れたようである。

「警部う〜」

ひさびさに、和久井が情けない声を出した。

「どうしてこんなに足が動かないんでしょうね」

「まったくだ」

志垣も、しだいにアゴがあがってきている。

「平地の半分も力が出ないぞ」

「ぼくらの動きって、ビデオに撮ったらスローモーションみたいに見えるんじゃないですかあ」

「スローモーションどころか、ストップモーションだよ」

志垣は、立ち止まって金剛杖に身体をあずけた。

「ちょっと待ってくれ、酸素を吸うぞ」

そう言って、彼はリュックから酸素のボトルを取り出して口に当てた。

そして、和久井も同じように携帯酸素を取り出した。

「警部、富士山にどれだけ早く登れるかっていうのは、日ごろの体力とは関係ないみたいですね」

堂々たる体軀《たいく》の黒人男性三人組が、さっきから志垣たちと同じように、ちょっと行っては休み、またちょっと登っては休むのを見て、和久井が言った。

「きっと高山に強い体質、弱い体質っていうのがあるんじゃないですか」

「それは言えるかもしれん」

そんなことを二人が言ってるそばから、マウンテンバイクを肩にかついだ日本人の青年が、軽々とした足取りで岩場を登っていった。

「見たか」

「見ました」

「自転車をかついで、あのペースだぞ」

「まいりましたね」

「あれで標高三千七百何十メートルから一気に走り下りるつもりなのか。ご苦労なこった」

「それにしても、いろんな人が登るんですねえ、富士山は」

酸素のボトルをしまいながら和久井が言った。

「こんなに年齢層が広くて、しかも、こんなに外国人が多いとは思ってもみませんでした」

「まったく、日本の山じゃないみたいだな」

「だけど、さっきから見ていると、よその国の連中には、日章旗や旭日旗《きょくじつき》を杖に巻きつけている人が多いけど、さすがに日本人にはあまりいませんね」

「妙な抵抗感があるのかねえ」

「あ、警部……あんなちっちゃい子が」

和久井が指さした。

彼らの下方から、父親らしき男性に連れられて、ミッキーマウスの絵が入ったズボンに赤いヤッケという格好の女の子が、ひょこひょこと登ってきた。

「どうみても、あれは四、五歳だな」

「それでいて、あの軽快さですよ」

「子供はあんがい高山病に罹りにくいというが、いやー元気なもんだなあ」

感心した志垣は、その女の子が近づいてきたところで、身をかがめて話しかけた。

「おじょうちゃん、げんきでちゅねー。おいくちゅでちゅかー」

「五歳」

「おなまえはー」

「青葉《あおば》」

「あおばちゃんでちゅかー。いいおなまえでちゅねー。ふじちゃんはおもちろいでちゅかー」

「お山、石ころばかりでつまんない」

「………」

淡々と感想を述べると、その子は志垣にバイバイと手を振って先に行ってしまった。

「しっかりした子だなあ」

身を起こしながら志垣が感心すると、和久井がため息まじりに言った。

「どうでもいいけど、警部、やめてくださいよ」

「なにを」

「いくちゅでちゅかー、っていうのは」

「どこが悪い」

「いまどき、五歳の子に向かってそういう幼稚《ようち》っぽい話しかけ方をしたら笑われますよ」

「そんなことはない。年端《としは》もいかない子供には、あれでいいのだ」

「でも、ふじちゃん、はないでしょう、ふじちゃん、は」

「いいんだよ。昔っから、大人が子供に話しかけるときは、『さしすせそ』は『ちゃちちゅちぇちょ』に変化すると相場が決まっているんだ」

「でも、それは日本語を教えるうえで、あまり教育的によろしくないと」

「うるさいんだよ」

和久井の後頭部をパカンとはたくと、志垣は軍手をはめ直した。

「さあ、行くぞ。まだまだ八合目なんだ。これからが胸突八丁ってやつだからな」

そう言って志垣が出発しようとしたとき、いかにも山小屋の関係者といった風体《ふうてい》の男が二人並んで、かなり早いピッチで登ってきた。

そのうちの一人は、片手にトランシーバーを持って何かを交信している。

「えー、すでに御殿場署の捜査員がブル道を通って山頂に向かっているということです。御殿場からもブルが出たらしいけど、警察のジープがそのまま上まで行けるかどうかわからんでね、急遽《きゅうきょ》、須走口の山小屋でブル持ってるところにも応援を頼んだみたいずら……どうぞ」

交信する男の声が、立ち止まっていた志垣と和久井の耳にも届いた。

「……はいはい、了解。こちらは、野次馬の整理の手伝いに向かうところです、どうぞ……。え？　なに……さあ、わかんねえけど、富士山始まって以来の殺人事件だから、下からテレビや新聞の連中が上がってくるに決まってるずら。だから、そっちの対応もしないといかんだにィ」

志垣警部と和久井刑事が顔を見合わせた。

3

新富士駅から東京方面に向かうこだま号の一番列車は、朝の七時すぎに出発する。

そして東京駅到着が、八時を十分ほど回ったころだった。

日曜日の朝とはいえ、夏休みの最後の休日とあって、東京駅はかなりの込みぐあいだった。

まったく東京に不慣れな十七歳の女子高生、栗原由里は、新幹線の改札口を出たあと、前後左右に激しく行き来する人の流れに入っていけず、呆然《ぼうぜん》とその場に立ち尽くしていた。

姉のマンションに誰かが忍び込み、そして姉に乱暴を働いたのではないか、という心配に昨夜来とらわれ、一睡もできなかった由里には、いま、まともな思考能力を働かせる余裕がなかった。

冷静に考えれば、警察に電話をかけて、姉の住まいの所轄の交番に様子を見に行ってもらってもよかったのだ。

だが、高校生の由里に、そこまで気を回せというほうが無理だった。

たった一人の身内となってしまった姉に、不測の事態が生じたのではないかと心配した彼女は、直接東京まで行き、自分の目で事実を確かめるほかにすべを知らなかった。

ところが、姉の住所は聞いていたものの、東京駅に渦巻く人の洪水を見たとたん、どうしていいのかまるでわからなくなって、途方に暮れてしまった。

(門前仲町《もんぜんなかちょう》……)

姉の美紀子が自宅を説明するときに語っていた、最寄《もよ》り駅の名前だけは覚えていた。

(たしか地下鉄の駅だといっていたけど……何線だっけ)

わからなくなったので、由里はちょうど自分のそばに人待ち顔で立っていたサラリーマン風の中年男に声をかけた。

「あのう……すみません」

男は、ジロッとぶしつけな視線を由里に向けた。

彼女は、もうそれだけで心臓がドキンとしてしまったが、思い切ってたずねた。

「門前仲町という駅は、どうやって行ったらいいんでしょうか」

すると背広の男は一段と無愛想《ぶあいそう》な顔になり、つっけんどんな口調で言い放った。

「おれは駅員じゃないんだよ。見りゃわかるんじゃないの」

「あ……ごめんなさい」

あわてて頭を下げると、由里はその場から逃げ出すようにして駆け出した。

そして、走っていった先に売店が見えたので、こんどはそこの従業員にたずねた。

「すみません」

「えっ？」

他の客の対応に追われていた年配の女性の店員は、ろくに由里のほうも見ずに眉間《みけん》にタテじわを寄せた。

「あ……あの……」

口ごもる由里にかまわず、その店員は、タバコ、新聞、週刊誌などを求める客からつぎつぎとお金を受け取り、お釣りを返すという動作を繰り返していた。

そこに由里が割り込む余地などほとんどない。こんなにせわしなさそうな売店の雰囲気は、富士宮ではまず見かけない。由里は完全に気遅れしていた。

「あの、おたずねしますけど」

客の波が一瞬途切れたところで、由里はようやく声をかけた。

「門前仲町というのは……」

そこまで言ったところで、店員は黙って人差指を彼方《かなた》のほうへ向けた。

「え？」

由里は、その指が示す方向へ視線を走らせたが、意味がわからずに、また店員に顔を向け直してたずねた。

「乗り換えはあっちへ行けばいいんでしょうか」

「きいて」

ブスッとした調子で、女性の店員は言った。

「改札があるから、そっちできいて」

「……はい……お忙しいところ、すみませんでした」

また頭を下げて謝りながら、由里は、わけもわからず泣きたくなってくる自分を抑《おさ》えられなくなっていた。

(お姉ちゃん……)

心の中で、由里はつぶやいた。

(お姉ちゃん、私、どうしたらいいの)

東京駅の雑踏が、ボーッとにじんで見えてきた。

4

富士山頂で何者かに絞め殺された今中篤史の遺体が御殿場署に到着したのは、午後の二時を回ったところだった。

そして三杏ボトラーズの若手社員五人も、第一発見者の山本という登山者ともども、警察のジープやブルドーザーに分乗して、御殿場署へ着いた。

すでに富士山頂では多数の登山者が聞き込み捜査に応じていたが、御来光の直前直後という時間帯ゆえに、他人の行動に注意を払っている者は皆無《かいむ》だった。

それで鍵を握ることになると思われたのが、殺された今中篤史の直属の部下であり、今回の富士登山の同行者である五人の社員たちだった。

「連中は全員揃《そろ》いました。いま向こうの部屋に待たせてあります」

御殿場署刑事課の松井《まつい》刑事が、上司の野坂《のさか》警部に報告にきた。

松井は実際に富士山頂の現場まで行ってきた人間だが、野坂のほうは事件発生当時は非番だったため、急遽呼び出され、署で関係者の帰りを待ち受けていた。

そして、ベテランの彼が、松井刑事とともに五人の同行社員の事情聴取に当たることになっていた。

「事前に、概要をかんたんにご説明申し上げます」

松井刑事が、これまでに判明していることを簡潔に述べた。

それは箇条《かじょう》書《が》きにするとこうなる。
①殺されたのは今中篤史、四十六歳。東京に本社を置く飲料メーカー三杏ボトラーズに勤務し、肩書は営業第三部部長。

②同行者は、同社社員で今中の部下にあたり、顔ぶれは以下のとおり。
・渡嘉敷純二、二十八歳。
・糸川紀之、二十八歳。
・霧島慧子、二十五歳。
・三木里津子、二十五歳。
・松原萌、二十三歳。
このうち、渡嘉敷と糸川の男性社員は同期入社。
そして女性三人も、四年制の大卒と短大卒の違いはあるものの、たがいに同期入社。
③彼らはプロジェクトチームの成功を祝って、昨日八月二十八日土曜日の夕刻、スバルラインの終点五合目レストハウスから富士登山を開始。
④予定よりも大幅に遅れて、真夜中の零時半ごろに、八合目のトモエ館に到着。仮眠をとる。
⑤頂上での御来光を拝むため、未明、三時十五分に同山小屋を出発。女性三人のペースが遅く、予定よりもまた遅れて、四時五十五分に吉田口山頂に到着。
⑥御来光の時刻がまぢかに迫っていたため、彼らは各自、思い思いに群衆の中に入る。
⑦午前五時五分、日の出。ただし、雲海の関係で、この時点ではまだ御来光は拝めない。
⑧午前五時九分ごろ、御来光。

⑨この御来光をバックに記念写真を撮ろうと、糸川紀之があちこちに分散していた仲間に声をかける。このとき、部長の今中だけが見当たらず。やむなく、若手社員五人だけで写真撮影。最初の数枚は糸川がシャッターを押し、つづいて渡嘉敷が代わって数枚撮影。
⑩御来光から三、四分後。登山者の山本和茂《かずしげ》という男性が小用を足すために、閉鎖中の山小屋の裏手に回る。そこで死体を発見。
⑪現場での検視結果によると、死因は絞殺。使用されたのは、荷造り用の赤い紐。それとは別に、喉の甲状軟骨突起（のどぼとけ）に強い圧迫を加え、扼殺《やくさつ》を試みた痕跡《こんせき》もあり。
⑫状況から判断して、被害者が吉田口山頂に到達した午前四時五十五分から、死体が発見された午前五時十二、三分までの間の犯行であることは確実。犯人の心理的な側面から考えると、日の出前の、まだ周囲が薄暗いときに犯行がなされたとみるのが妥当。
⑬当時、吉田口山頂には三百人を超す登山者がいたが、叫び声や言い争う声を聞いた者は誰もいない。したがって、犯人と被害者の面識の有無《うむ》はさておき、攻撃は唐突に行なわれた模様。

「なるほど」

松井刑事から報告を聞き終えると、野坂警部は腕組みをほどいてタバコに火を点《つ》けた。

そして、しばらく煙をくゆらしてから、松井に向き直った。

「難しいな」

ポツンと野坂がつぶやいたので、松井は聞き返した。

「難しい、とおっしゃいますと？」

「まあ、流れからいって、同行者は疑われてしかるべきだろうが、しかしねえ、よくよく考えたら、被害者の部下を疑うのは根拠が薄いんだよ」

「どうしてですか」

「これから、この五人の会社における被害者との人間関係を調べていかねばならないが、仮に、この今中という部長を殺してやりたいほど憎んでいる人間がいたとしてもだよ、なぜ、よりによって富士山頂で殺さなければならないのかね」

「それは何かの象徴としての意味があったのかもしれません。たとえばですが、以前に富士山で恋人が遭難し、その原因が今中にあったので、復讐の意味で彼を山頂で……」

「おいおい」

野坂は苦笑した。

「あんまり芝居じみた筋書きを考えんでくれよ。これは現実に起きた事件なのだから」

「はあ」

「五人の部下に今中を殺す動機があったにしても、富士山頂という場所を選んだ必然性は何だったのか。これは犯人にとって、決して有利な選択とは思えないのだよ。そうだろう」

スパスパと立てつづけに煙をふかしてから、野坂警部は言った。

「第一に、山頂の気圧はおよそ六五〇ヘクトパスカルと、平地のおよそ三分の二だ。ただでさえ空気が薄くて激しい行動を取りにくい場所なのに、そこでひとりの人間の首を絞めて殺そうとするのは、あまりにも無謀だよ。いくら犯人が体力的に自信があったとしてもね。それから第二に、富士山頂などで事件を起こせば、当然、同行者に疑惑の目が向けられるわけだ。しかも、一行は被害者をのぞいてわずか五人。殺人を起こせば、その五人にこうやって事情聴取が待ち構えていることは、犯行前に予測できそうなものじゃないか。だったら、なにも容疑者が絞り込まれるような状況で殺人を犯《おか》すこともあるまい。東京の雑踏の中で襲ったほうがよっぽどマシだ」

「それはそうですね」

松井も認めた。

「では、それ以外の人間の犯行となると……」

「第一に考えられるのは、山頂で他の登山者となんらかのトラブルを引き起こした場合だが、しかし、山頂に着いてから死亡までの時間がこれだけ短いと、トラブル発生のヒマもないな」

「仮眠をとった八合目の宿でケンカをして、その登山客が後を追ってきたというのも……まあ、あんまりありそうもない話ですねえ」

松井は、しだいに頼りなげな声になった。

「どうだね、松井。こうやって考えてくると、富士山頂で殺人が引き起こされた背景を想像するのは、非常に難しいとわかるだろう」

「はい」

「ま、ともかく五人に話を聞くところからボチボチはじめようじゃないか」

と言って、野坂警部は立ち上がった。

「個別にやりますか」

「もちろんだ」

「それではあっちの部屋に、ひとりずつ呼びますが」

「その前に、五人がいっしょにいるところへ通してくれ。連中の顔ぶれをひととおり見てから、呼ぶ順番を決める」

「わかりました。では、こちらの会議室のほうへ」

松井が、三杏ボトラーズの五人の控室に当てた部屋へ野坂警部を案内しようとしたとき、警部に急ぎの電話が入った。

「はい、野坂ですが」

立ったまま受話器をつかんだ野坂警部の耳に、ダミ声が響いた。

「ああ、どうも、私は警視庁捜査一課の志垣と申しますが、けさがた富士山頂で起こった殺人事件の捜査を担当なさっているのが野坂さんだと承《うけたまわ》ったものですから、それでお電話をいたしました」

いぶかしがる野坂に向かって、電話口の志垣は身分証明の番号を告げてからつづけた。

「じつは私は、部下といっしょにゆうべから富士登山に挑戦しておりましてね……ええ、休暇をとってのプライベートです。そうしましたら、けさがた、たまたま事件のことを耳にしたのです」

「はあ」

「ところが、こちらが山頂に着いたのは、休み休み行って十一時を回ったころだったもので、すっかり現場検証が終わった後でした。でも、残っていた人に聞いたら、なんでも六人づれでやってきた会社員のグループの中で、部長らしき男性が絞め殺されたというじゃありませんか」

「そうです」

「その事件に関して、ちょっとお耳に入れておきたいことがあるのです」

志垣は、五合目レストハウスの駐車場で聞いた、謎の叫び声の一件を話した。

「……そんないきさつがありましてね、その『部長』と呼ばれた男は、不審に思って見ていた私のことを、登山をはじめてからも、ずいぶん警戒しておったようなのです。もしも殺されたのがその男だとしますと、これは少々気にかかります」

志垣の言葉に、野坂警部はウーンと唸《うな》った。

「志垣さんがおっしゃる男の風体は、どうも被害者の服装とぴったり一致するようですね」

「やはりそうですか」

「ちなみに、志垣さんはいまどちらに」

「しばらく山頂におりまして、いまは八合目まで下ってきたところです。そこの山小屋の電話を借りてかけておるのですが」

「八合目というのは？」

「吉田口の八合目です」

「そうですか……もしよろしかったら、これからこちらの署のほうへお越しいただけませんか。直接お会いして、もう少し詳しい状況をお聞かせいただきたいので」

「いいですよ」

「では、その八合目から下山道を下りていって、江戸屋の分岐のところを、左の吉田口ではなく、まっすぐ須走口のほうへ進んでください。砂走《すなばし》りと呼ばれる下山道を一気に駆け下ると、須走口の新五合目に出ます。そこに署の車を待たせておきます」

「わかりました。では、なるべく早くうかがえるようにしましょう」

志垣との電話を切ると、野坂警部は松井刑事を見てつぶやいた。

「どうも妙な事件に発展しそうだな、これは」

5

夏の日差しが斜め上から照りつけてくる。

ふるさとの富士宮では感じたことのない、異様に圧迫感のある夏の太陽だ。永代《えいたい》通りを走る車の排気ガスにあてられたせいか、それともこの日差しのせいか、あるいは睡眠不足のせいか、栗原由里は歩きながらたびたび気を失いそうになった。

いま由里は、永代通りに面した地下鉄門前仲町駅の出口から深川不動堂に向けてまっすぐ延びている参道――通称『人情深川御利益通り』――のあたりを放心のていで歩いていた。

毎月一日・十五日・二十八日が縁日となる深川不動は、きのうがその日にあたっていたが、きょうも、夏休み最後の日曜日を利用してお参りにやってきた人々の行き来は決して少なくない。

その人の流れの中を、うつろな表情でさまよいつづける由里の姿は、さすがに参道沿いのいくつかの店の従業員の目に止まっていた。

けさ、東京駅からやっとの思いで門前仲町にたどり着き、富岡一丁目という住所をたよりに姉の住むマンションを捜《さが》し当てたのは、すでに午前十時前のことだった。

ところが、いまはもう二時十五分である。

由里は四時間以上も、まるで夢遊病者のように、深川不動の参道を、あるいは富岡八幡宮の境内を歩きつづけているのである……。

朝早く東京駅に着いたときにも、それから門前仲町で地下鉄を降りたときにも、由里は姉の部屋に電話をしてみたが、やはり、これまでと同じように応答はなかった。

そして十時前、マンション三階にある姉の部屋の前まで行った由里は、祈るような気持ちで玄関のチャイムを鳴らしてみた。

どうか、「はあい」という姉の声がかえってきますように、と願った。

だが、返事はない。

由里は、意を決してドアの取っ手を握り、おそるおそる押してみた。

すると、ドアには鍵が掛かっておらず、スーッと開いてしまった。

血の気が引いた。

数センチ開いたところで、由里は、急にバタンと音を立てて、そのドアを閉めた。

それ以上、中をのぞく勇気がとても出なかった。最悪の事態が現実のものになったという思いにとらわれ、心臓が激しく高鳴った。

由里は身を震わせながら後ずさりし、やがてきびすを返すと、マンションの廊下を走り、非常階段を駆け降り、何かから逃げ出すように、夏空の下を全速力で走った。

近くの庭球場でテニスボールを打ち合う軽快な音が聞こえていた。ポーン、ポーンという
その音だけが、妙に由里の耳にこびりついた。

気がついたら、富岡八幡宮の境内にいた。

由里は神に祈った。

具体的な祈りの内容があるわけではない。ただただ、助けてくださいと祈った。

それからまた元の方向に歩いて戻り、姉のマンションの前を通りかかったが、とてもその方向を見ることができなかった。

そして、深川不動堂に行き、不動明王にも同じように祈った。

どうしよう、どうしよう——その言葉ばかりが空回《からまわ》りした。

けれども、いつまでも現実を直視せずにいるわけにはいかなかった。

これまで由里は、一方的な思い込みで、姉が誰かに乱暴され殺されてしまったという最悪のケースを想像していたが、ひょっとしたら怪我《けが》を負って倒れており、助けが必要な状況かもしれないのだ。

そう思い直すと、富岡八幡宮と深川不動堂の往復を繰り返していた由里は、これ以上、決断を先延ばしにするわけにはいかないと自分に言い聞かせ、思い切って姉の部屋に入ってみることにした。

そして、由里はふたたび姉の部屋の前に立った。

返事がないとわかっていながら、もう一度だけ玄関のチャイムを鳴らした。

やはり応答はなかった。

フーッと大きな吐息《といき》を洩らしてから、由里はそっとドアを押した。

「お姉ちゃん？」

隙間《すきま》から、かすれた声で呼びかけてみる。

返事はない。

由里は、目をつぶるような表情をして、ドアをすべて押し開けた。

はじめて見る姉の部屋は、こぢんまりとしたワンルームマンションだった。これならば、祖父の死後、富士宮で由里が借りているアパートのほうがよっぽど広く感じられた。

クーラーはつけっぱなしのようで、ひんやりとした冷気が、外から入ってきた由里の頬をなでた。

小さな部屋の窓際にはベッドが置いてあり、枕元のスタンドの豆電球が灯されていた。

他に照明はついていない。

だが、窓に下げられた緑色のブラインドの隙間から入ってくる陽光で、部屋の様子は一目で見てとれた。

ベッドの上では、ふとん代わりに使っているらしい茶色いタオルケットが、こんもりと盛り上がっていた。

と同時に、入った瞬間には気づかなかった異臭が彼女の鼻をついた。

（まさか……）

口元を手でおさえながら、由里はいったん部屋の外に飛び出した。

（うそでしょう……そんな）

由里は、外廊下の壁に背をもたせかけ、富士山麓《さんろく》に較べれば決してきれいとはいえぬ東京の空気を、胸いっぱいに吸い込んだ。

そして、何度か深呼吸を繰り返したのちに、吸った空気を吐き出さずに肺の中に溜《た》め、勢いをつけて部屋の中に駆け戻った。

玄関先で靴を脱ぎ捨て、ベッドに走り寄って、茶色のタオルケットをはがそうと手をかけた。

が、それはもともと白いタオルケットで、それが『何か』のせいで褐色《かっしょく》に変化しているのだとわかった。

息を止めたまま、由里は思いきりタオルケットを引きはがした。

姉の身体がついてきた。

タオルケットをどけようとしたら、姉の美紀子の身体が、それにくっついてきたのだ。

最初に驚かされたのは、長く伸ばした髪の毛が栗色に染められていることだった。

富士宮にいたころの姉は、つややかな漆黒《しっこく》の髪を自慢にしていた。その姉が、こんなふうに茶色く髪の毛を染めてしまうことが由里には信じられなかった。別人ではないかとも思った。

が、そんな思いはほんの一瞬だった。

絶対に放すまい、というふうにタオルケットを両手で抱え込んだ美紀子の身体が、ごろりとあおむけになった。

由里は半狂乱になって、そのタオルケットを引きはがした。

「うそー!」

由里は、声にならない叫びを放った。

血まみれだった。

夏らしい白い綿のパジャマが、乾き切った多量の血で、上から下まで悲惨な色に染まっていた。

胸に、腹に、脚に、腕に、喉に、そして顔に、無数の刺し傷があった。

まさにメッタ刺しだった。

両の目から紅《あか》い涙があふれ出て、幾筋もの生々《なまなま》しい跡《あと》を頬につけていた。

由里の手と、美紀子の手が触れた。

冷たかった。

外は夏の熱気にあふれ返っているというのに、信じられないほど、姉の手は冷たかった。

もはやそこに人間としてのぬくもりは何もなかった。それは生命のない、たんなる物体としての冷たさだった。

由里は、ハッハッハッハッと自分でもわかるような、短く激しい呼吸を繰り返した。心臓が喉の奥から飛び出してきそうだった。

姉の頬に伝う紅い涙を見たとき、もはや由里の瞳からは一滴の涙も湧《わ》いてこなかった。あるのは悲しみではなく、恐怖だった。

由里は、そのあとどうやって部屋を飛び出したのか、まったくわからなかった。

気がついてみたら、また深川不動堂の参道――人情深川御利益通り――を、繰り返し繰り返し往復しつづけていた。

「もしもし」

せんべいを売っている店先から、見るに見かねたといった顔で、七十すぎの老婆が声をかけてきた。

「ちょっと、もしもし、お嬢さん」

それが自分に向けられた言葉だとわかるまでに、由里はだいぶ時間を要した。

「え……わたし……ですか……」

由里は焦点の定まらない目を、せんべい屋の老婆に向けた。

「そうですよ、あなたに呼びかけたんですよ」

うなずくと、老婆は下駄《げた》をつっかけて、店の前まで出てきた。

「さっきから気になってずっと見ていたんだけれど、何があったの、お嬢さん」

「何が……って？」

聞き返す由里に、老婆はいかにも心配そうな目をして言った。

「だってあなた、もう何時間もそんな格好でここを行ったりきたりしているんですもの」

老婆に指さされて、由里は自分の足元を見た。

なにも履《は》いていなかった。

姉の部屋を飛び出すときに、いったん脱いだ靴を履くのも忘れ、裸足《はだし》のまま参道をうろついていたのだった。

「あ……これは……あの、あの……」

うまく返事をできない由里に、老婆は同情のまなざしで言った。

「具合が悪いのなら、お医者さんを呼んであげますよ。遠慮なく言ってちょうだい。それとも、うちでちょっと休んでいく？」

東京に来てはじめてかけられた優しい言葉に、恐怖で乾ききっていた由里の目に、どっと涙があふれ出た。

周囲の好奇の目が自分に集まるのもかまわず、由里は老婆にむしゃぶりついて泣きじゃくった。そして、肩をひくつかせながら言った。

「警察を……警察を呼んでください。……お姉ちゃんが殺されたんです！」

六．疑惑の検証

1

御殿場署の野坂警部が、個別聴取の順番としてまず最初に選んだのが、渡嘉敷純二だった。

五人の中でもっとも冷静でしっかりしているように見えたからである。

そばに松井刑事をしたがえた野坂は、基本的な質問をいくつかしたのちに、意表をつくような切り込み方をしてきた。

「ところでねえ、渡嘉敷さん。あなた、今中部長のことは嫌いですか」

予想もしていなかった質問に、渡嘉敷は戸惑いの色を隠せなかった。

「どういう意味ですか、それ」

「申し上げたとおりの意味なんですがね」

野坂は平然として言った。

「部下として、あなたは今中部長という人間をどうみるか、と言い換えてもけっこうですが」

「刑事さん。それじゃまるで、ぼくのことを疑っているみたいじゃないですか」

「決してそういうつもりではありませんよ」

「でも……」

「つまりね、渡嘉敷さん。こういうことなんです」

野坂は、よく日に焼けてスポーツマン然とした渡嘉敷の目を、じっと見つめて言った。

「いまここに、今中さんが殺されたという厳然たる事実があります。殺された場所が富士山頂だということは、このさいいったん忘れましょう。ともかく、今中さんは殺された。しかし、殺害目的は決して物盗《ものと》りなどではない。当然、怨恨《えんこん》ということがクローズアップされてきますね。となると、今中さんは、どういうタイプの人間で、どういう嫌われ方をする人なのか、捜査陣としては、それをつかんでおく必要があると思うのです」

「……」

「我々人間は、それぞれ長所もあれば短所もある。私にも、それからあなたにもね。平凡な言い方ですが、完全な人間など、どこにもいない。万人《ばんにん》から好かれる人というのはいないわけです。たとえば、あなたが今中部長を好きだとおっしゃっても、しかし嫌いな部分もきっとお持ちなはずです。何から何まで好きというのでは、まるで恋人ですからね」

野坂警部は微笑を浮かべたが、渡嘉敷は表情のこわばりを変えなかった。その渡嘉敷の様子を、野坂の隣りに座った松井刑事が観察している。

「では、いったい今中氏はどういう部分が人に嫌われるのか——ここをしっかり把握しておきたいのですよ。つまり、あなたが今中部長のこういうところが嫌いだ、好きになれない、とおっしゃれば、なるほど、今中さんとはそうした印象を人に与えるタイプなのか、とわかってくるわけです。そして、この質問を何人もの人に繰り返していきますと、だんだんとその人物像が浮き彫りになってくる」

「つまり刑事さんは、死んだ人の悪口をぼくに言え、とおっしゃるんですか」

「悪口ではなく、欠点をお伺いしているのです」

野坂警部は言い直した。

「自分からみた他人の欠点とは、すなわち、他人を嫌いになるときの要素そのものですからな」

「………」

「殺された上司の悪口を言ってくださいとお願いしても、それはあなただってウンとは言えないでしょう。でも、欠点ならば教えていただけるのではありませんか？　それが、今中部長は嫌いですか、という質問の趣旨なんですがね」

渡嘉敷は、まいったなというふうに何度もため息をついていたが、しかし、やむをえまいといった表情になって口を開いた。

「正直にいえば、嫌いなところがあります」

「どこです」

「八方美人でずるいところですね」

「具体的には？」

「上役には部下の悪口を言って自分の責任を免《まぬが》れ、部下には上役の悪口を言ってご機嫌をとろうとする。そういうところがイヤですね」

「なるほど。しかし、そういうタイプの人は、どんな組織にもいそうですがね」

苦笑まじりにうなずいてから、野坂は質問を切り替えた。

「ところで、登山を開始する前、スバルライン終点の駐車場トイレで、今中さんが謎の絶叫を放ったという話を耳にしたんですがね」

「ああ、あれですか」

その情報が警視庁捜査一課の志垣警部から寄せられたものとは知らず、渡嘉敷は、なぜそんなことまであなたが知っているのか、と言いたげに、野坂警部を見返した。

「あの叫び声については、ぼくらもよくわからないんですよ」

「しかし、今中部長が叫んだことに間違いはないんですね」

「はい、自分で認めていましたから。……でも、その理由はいくら聞いても教えてくれないんですよ」

「具体的には、どのような叫び声でしたか」

「ウォーッというような……まるでライオンが吠《ほ》えたときみたいな声でした」

「あなたの想像で結構ですが、その声を発した原因はなんだと思います」

「見当もつきませんよ。でも……」

「でも？」

「あれは、苦しいときの叫び声ではなくて、驚きですよね。化け物でも見たんじゃないかっていう感じの声でした」

「そのとき、あなたもすぐそばにいたんでしたね」

「はい。糸川もいっしょでした。ぼくと糸川は個室の中でアンダーシャツを着込んだりしていたので、いちばん後から入ってきた部長がいちばん先にトイレから出たんです。そのときにウォーッと」

「そのときの女性の方たちは？」

「やっぱりトイレの近くにいました。用を足して登山口のほうへ向かおうというときに、その声を聞いたそうです」

「トイレ周辺に、今中さんが驚きの声をあげるようなものは」

「ありませんよ」

渡嘉敷は、即座に否定した。

「そうですか……今中部長という人は、日ごろから奇声を発するような癖があるとか、そんなことはありませんか」

「たしかに、びっくりしたときに大声を上げる傾向はありました。それから酔っ払ったときにもね」

「酔っ払ったとき？」

「ええ……あ、そうそう。今中部長の欠点というのを、もうひとつ思い出しました」

渡嘉敷は、手を軽くポンと叩いた。

「酒を飲むと荒れることですね。そのときにウォーッという妙な声を出すことはあります」

「ほう……悪い酒なんですか」

野坂警部は、興味をそそられたふうだった。

「決していい酒とはいえないですね。日頃のストレスを酒の席でバーッと発散するタイプなんですよ」

「登山する前にお酒を飲んでいたということは？」

「それはありません」

渡嘉敷は首を横に振った。

「酒を飲めば荒れるほうだけど、アル中というのではないんです」

「つまり、飲まなきゃいられないというタイプではない、と」

「そうです」

「みなさんは、八合目で数時間仮眠をとったということですが、そのときにも、今中さんはお酒は飲まれなかったんですね」

「気圧の低いところでアルコールを飲むのは酔いが早いと聞いていましたからね。部長だけでなく、全員がビールなどは控えていました」

「ふむ……では最後にうかがいますが、今回の富士登山旅行ですけどね、なにやらプロジェクトチームの打ち上げとして行なわれたといういきさつは、ここにいる松井刑事からの報告で聞きました。しかし、その打ち上げを富士登山という形でやろうと提案したのは、どなたなんです」

「……ぼくです」

少し間《ま》を置いてから、渡嘉敷が応えた。

「ほう、あなたが決めたんですか。それはどうしてまた」

「一つは、プロジェクトチームの成績が一番だったことを記念して、日本一の山に登ろうと……。それから、これは個人的な理由になりますが、ぼくは前から富士山に登ってみたいと思っていたんです。小説のヒントを得るために」

渡嘉敷は、自分の趣味が小説創作であることを警部に話した。

「なるほど……で、あなたが富士登山を提案したとき、他の仲間はどうでした。反対した人はおりませんでしたか」

「誰も反対はしませんでした」

「今中部長は」

「ええ、賛成しましたよ。こんなことでもないと富士山に登ったりすることはないだろうから、いい機会だと」

「で、六人のメンバーで、昨日きょうの二日間の日程で富士登山を行なうと最終的に決まったのは、これはいつのことなんですか」

「えーと……」

しばらく考えてから、渡嘉敷は答えた。

「富士登山をやるということじたいは、今月のはじめ……たぶん、五日か六日ごろに決めたと思います。ただ、具体的な日程は何度か変わったんです。それぞれの仕事が忙しかったのと、それから、ことしの夏は異常に天気が悪かったもので」

「長期天気予報などはお調べになりましたか」

「もちろんです。ちょっとでも天気が悪そうな場合は早めに延期を決めていました。でも、週末になると不安定な天気ばかりで……それで、こんな調子だといつまで経っても行けないから、よほどのことがないかぎり、二十八、二十九の土日で決行するとなったのが、前の週の金曜日――つまり、八月の二十日でした」

「……そうですか。いや、わかりました。いろいろありがとうございました」

手帳に書き込みをつづけていた野坂は、そこでパタンとページを閉じた。

「もう終わりですか」

もっと質問を受けてもいいですよ、といった表情の渡嘉敷に、野坂警部はゆっくりと首を振った。

「登山の疲労と事件のショックで、きょうはみなさんお疲れでしょうから、質問は短めにしておきます。ただし、今後もおたずねをすることはあると思いますので、その節《せつ》はよろしくお願いいたします」

「すると、またここまでこなくちゃならないんですか」

「いいえ、必要とあれば我々のほうから東京へ出向きますので」

野坂がそう言い終わると、松井刑事が立ち上がって、渡嘉敷を部屋の出口のほうへ案内した。

2

二人目は三木里津子だった。

彼女は渡嘉敷同様、小麦色に焼けた肌をしていたが、その下には青ざめた顔色が隠されているような雰囲気だった。

緊張――彼女の表情は、そのひとことで言い表すことができた。

例によって、野坂警部はまず基礎的な質問からはじめた。そして、今中部長の謎の叫び声についてもたずねたが、返ってきたのは渡嘉敷の答えと同じだった。あそこでなぜ部長が叫んだのか、まったくわからないというのだ。

ただし、野坂警部が注意を引かれたのは、里津子が、今中部長が叫ぶところをはっきり見た、と証言した点だった。

そこで警部は、深く突っ込んだ。

「そうしますと、あなたは今中さんがライオンのように吠《ほ》えた瞬間をごらんになっているのですね」

「はい、見ました」

栗色に染めた長い髪を片手で梳《す》きながら、里津子は質問に答えた。

「じゃあ、そこのところを詳しくご説明ねがえませんか」

「わかりました」

里津子は、野坂のほうは見ずに、二人の間のテーブルの上に視線を泳がせながら語った。

「もしかしたら、もうお聞きかもしれませんが、きのう私だけはみんなと別行動で、現地に直接入ったんです。前の日の二日間は有給休暇をとっていたものですから。そして、待ち合わせ場所になっていたスバルライン終点のレストハウスに着くと、部長以外の四人が私を待っていてくれました」

「そのとき、今中さんはいなかったんですか」

「どこかに電話をかけていました。レストハウスの出入口に一台公衆電話があるんですけれど、そこで電話をしている部長の後ろ姿が見えました」

「それは何時ごろのことでした」

「六時……半……ちょっとすぎだと思います」

里津子は、考えながら答えた。

「それで私は、女の子三人で駐車場のお手洗いへ行きました。レストハウスの中のトイレは混んでいるということでしたから」

野坂警部は、二十五歳の里津子が、自分のことを『女の子』とごく自然に言うので苦笑した。

（まったく最近の若い子は、二十歳越えても『女の子』か……しかし、そういうおれも『若い子』と言ってしまうが……）

「渡嘉敷くんや糸川くんも、いよいよ出発だということで外のお手洗いへ行き、ちょっと遅れて、電話を終えた部長がいちばん最後にお手洗いに向かったらしいんです」

里津子はつづけた。

「そして、女の子三人の中で私がいちばん最初に外に出ました。男の人たちの中では、部長が真っ先に出てきました。そこで、私と部長はバッタリ顔を合わせたんです。私にとっては、その日はじめて部長に顔を合わせたので、ご挨拶しようと近づきました。そしたら私のほうを見るなり、いきなりウォーッと」

「あなたの顔を見て叫んだのですか」

「わかりません」

テーブルの上に目を落としたまま、里津子が答えた。

「けれども、私を見て驚くはずはないと思います」

「しかし現実には驚いたわけですね、今中部長は」

野坂警部は、里津子の言葉尻をとらえた。

「はい、あれは驚きの表情としか思えませんでした。目を大きく開いて、口も開いて……そして、唇が震えていました」

顔を上げながら、里津子は言った。

「そのとき、あなたは自分の後ろを見ましたか」

「私の後ろ、ですか」

「そうです。そりゃあ、おっしゃるように、今中さんが部下のあなたを見て驚くはずがない。ですから、あなたではなくて、あなたの後ろに、今中氏を驚かせるような誰かが――あるいは、何かが存在していたと考えられませんか」

「……かもしれません。でも、そのときは自分の後ろを見る余裕なんてありませんでした。私を見て叫んだとしか思えなかったので、こっちもびっくりしてしまって」

「そうですか。ところでね、三木さん。あなた、今中部長という人、嫌いですか」

その質問に里津子は、渡嘉敷と同じように不愉快さを含んだ反応を示した。

だが、野坂警部から質問の趣旨を聞いて、里津子はようやく納得顔になって口を開いた。

「部長の欠点というご質問でしたら、お答えできると思います。今中部長は……ちょっと変《へん》態《たい》じみたところがありました」

「変態？」

思いがけぬ言葉を聞いて、野坂と松井は、たがいにチラッと目を合わせた。

「変態とは、具体的にどういうことです」

「女性に対する関心が異常に強いんです。なんていったらいいでしょうか……ふつうの男の人が、女性に対していろいろな欲望を持つ以上のレベルというか」

「抽象的におっしゃられてもよくわかりませんな。むしろ具体例をあげていただいたほうが、こちらとしては理解の手助けになるんですが」

「たとえば、私たちのプロジェクトチームがそうです。これは、うちの自動販売機を大企業のオフィスに売り込むために作られたセールスプロモーションの一環なんですが、いくつか作られたチームの中で、私たち五人のグループは——自分でいうのもヘンですけれど——別名タレントチームだ、などと周囲から言われるほど……その……」

「美男美女がそろっているというわけですか」

野坂警部が補足すると、里津子は小さくうなずいた。

「ま、それはね、さきほどあなたがた五人にそろってお目にかかったときに私も感じましたよ。これはまた、いい男にいい女ばかりだな、と」

「男性のほうはわかりませんけれど、女性三人は今中部長の趣味で選ばれたんだ、という声も出ていたくらいです」

「それがほんとうなら、部長の趣味も幅広いですなあ」

野坂は、ちょっと笑った。

「だって、三人の女性は、持つ雰囲気がそれぞれぜんぜん違うじゃありませんか。それとも、美人だったらタイプは問わず、ということなんですかねえ」

「知りません」

「で？　集められた美女に対して、今中氏はなにかよくない行為でもしたことがあるんですか。俗にいうセクハラ、といいますか」

「それは……」

里津子は口ごもった。

「言いたくありません」

「しかし、変態という強い言葉で表現されるからには、あなたにそう言わせるだけの行為が、今中氏にあったということなんでしょう」

「申し訳ありませんけれど、それにはお答えしたくないんです」

ふたたび視線を落として里津子が言ったので、野坂は仕方ないというふうに吐息をついた。

「わかりました。ま、きょうのところはこの程度にとどめておきましょう。しかし、いずれ近いうちに、みなさんには再度お話をうかがうことになると思います。そのときは、またよろしくお願いします」

頭を下げて礼を言ってから、野坂は三木里津子を退出させた。

3

三番目に部屋に呼ばれたのは、松原萌だった。

すすめられた椅子に座ると、萌は、眉のところできちんと切りそろえた前髪の下からぱっちりとした目をのぞかせて、野坂と松井の二人の捜査官を見つめた。そのつぶらな瞳には、純真そのものといった雰囲気が滲《にじ》み出ている。

前の二人と同様の基礎的な質問を繰り返したあと、野坂は、やはり今中部長の人柄を引き出すための問いかけを行なった。ただし、その切り口は前の二人のときとは多少異なっていた。

「あなたにとって、今中さんは直属の上司にあたられるわけですな」

「はい」

答える声に、緊張感はない。

不思議な落ち着きを持った子だな、と野坂は思った。

「そうしますと、あなたがたの勤務評定というんですか、査定というんですか、それも部長がなさるわけですか」

「部長の下に課長がいますから、その課長が最初の査定をするそうですけれど、最終的にはやはり部長の評価で決められるようです」

「では、あなたがた五人の中で、今中部長にいちばん評判がよかったのは誰です」

「それは里津子だと思います……あ、三木さんのことです」

萌は即座に答えた。

「それは、三木里津子さんが今中部長にエコヒイキされていた、と言い換えてもかまいませんか」

「はい」

野坂警部の念押しは、ちょっと返事にためらうような種類のものだったのに、松原萌はつぶらな瞳を警部に向け、平然としてうなずいた。

「少々俗っぽい聞き方になりますけれども、今中さんが三木里津子さんに対して、上司と部下という関係を越えた、私的な感情を抱いていた可能性はありますか」

「可能性ではなくて、そういう現実が実際にありました」

「ほう……すると、不倫《ふりん》の事実が」

「あったと思います」

「思います？　思いますとおっしゃるからには、それは、松原さんの推測を出ていないわけですか」

「私のカンは当たるんです」

「いえ、ですからね……」

野坂は苦笑した。

「カンで答えられても困るわけでして、今中部長と三木さんが、特別な関係にあったという証拠のようなものはあるんですか」

「証拠でしたらありません。でも、二人の雰囲気でわかるんです」

萌は、あくまで淡々と答えた。

「では、そうした二人の関係は、あなただけでなく、他の社員の間でも噂《うわさ》になっていたのでしょうか」

「いえ、他の人たちは気づいていないみたいです。私のカンが特別鋭いのかもしれませんけれど」

その答えに、野坂と松井は、やれやれといった表情で顔を見合わせた。

「少々話が脱線するかもしれませんが、松原さんと三木さんの仲はどうなんです」

「私と里津子の仲ですか」

「はい。……と申しますのはね、これは正直な感想なんですが、いまのあなたの受け答えを聞いておりますと、同僚の三木さんにあまり良い印象を持っておられないのではないか、と」

「持っていません」

　またまた、萌ははっきりと答えた。

「それはなぜです」

「彼女の打算的なところが、どうしても好きになれないんです」

「具体的には？」

「里津子は、最近まで糸川さんと付き合っていたんです。二人は結婚するんじゃないかって言われていたくらいです。これは私のカンではなくて、社員のみんなが認めている事実です」

「ほう」

「だけど、里津子が糸川さんをふったんです」

「なぜです」

「今中部長と関係ができてしまったからだと思うんです。たぶん、部長とつきあっていたほうが、いろいろな面でトクだと思ったんでしょう」

「でも、それはあなたの推測であって、証拠はないんでしょう」

「……」

「まあ、その件はわかりました」

　ため息を一つついてから、野坂は言った。

「では、いまとはまったく逆の質問になりますが、あなたがた五人の中に、今中部長から嫌われていたという人はおられますか」

「はい」

この質問にも、萌はすんなり答えた。

「それは誰です」

「糸川さんです」

と言って、萌は、日本人形のようなおちょぼ口をすぼめた。

4

つぎに警部たちの前に座ったのは、糸川紀之だった。

彼は、神経質そうにメガネの奥で何度もまばたきを繰り返していた。

そして、野坂がまだひとつも言葉を発しないうちから、不安そうな口調でたずねてきた。

「あのう……この席に呼ばれるということは、ぼくが部長を殺した犯人として疑われているということなんでしょうか」

「まあ、そんなふうに受け取られずに、気を楽にしていただけませんか。富士山頂では、落ち着いた話もできなかったから、場所をあらためて、ということなんですよ」

「疑われているわけじゃないんですよね」

糸川は、重ねてたずねた。

「妙な形で新聞に載《の》ったら、ウチのお母さんが嘆くと思うんですよ。恥ずかしくて表を歩けない、というふうに」

「お母さん？」

野坂は、皮肉っぽく聞き返した。

（自分のことを『女の子』という二十五歳もいれば、人前で母親を『お母さん』という男の子もいるとはねえ）

野坂は内心呆《あき》れ返《かえ》っていたが、糸川は、警部の問い返しを別の意味に受け取ったようだった。

「そうです、お母さんは日頃から身体が弱くて、ちょっとした出来事にも過敏に反応するんですよ。ですから、一人息子として、あまり心配はかけたくないんです」

「母ひとり子ひとり、というご家庭なんですか」

「はい」

「あなたは、お年は二十八でいらっしゃいますが、失礼ですけれども、ご結婚の予定は」

「………」

野坂の質問に、糸川は顔をこわばらせた。

「それが、こんどの事件となにか関係でもあるんですか」

「いえ、ほんの雑談だと思っていただければ結構ですが」

「結婚の予定は、べつにありません」

「結婚を前提に交際中の女性はいますか」

「なんですか、それ」

糸川は、露骨に不機嫌な声を出した。

「部長が殺されたこととぜんぜん関係ないじゃないですか」

「いえ、そうとも言いきれませんでね」

野坂警部は、表情も変えずに言った。

「糸川さんは、三木里津子さんとかなり真剣な交際をなさっていたそうじゃありませんか」

「誰からそんなことをきいたんです」

「まあ、誰からでもいいじゃありませんか」

「慧子でしょう。霧島さんからきいたんでしょう」

「霧島さんからは、まだお話を伺っておりませんがね」

「じゃあ、誰です。渡嘉敷ですか」

「それより、こちらの質問にお答えいただけませんか。あなたと三木さんは、結婚を前提としておつきあいをなさっていた――ほんとうですか、誤りですか」

「ほんとうです」

糸川は、憮然《ぶぜん》とした面持ちで答えた。

「しかし、いまはつきあっていらっしゃらない——ほんとうですか、誤りですか」

「刑事さんはクイズをやっているんですか」

「クイズではなく、事情聴取です」

野坂は、きっぱりと言った。

「お答えねがえませんか」

「別れましたよ」

「その原因は」

「いいかげんにしてくださいよ！」

糸川は怒りを爆発させた。

「それはぼくと里津子の間の問題であって、あなたがたに話すような筋合いのものではないでしょう」

「お二人に亀裂《きれつ》が生じた原因に、今中部長の存在があったのではありませんか」

「………」

糸川は、急に黙った。

「今中部長が、あなたがた二人の間に割り込んできた。それが原因で、お二人の結婚話が壊れた、といういきさつはありませんか」

「ようするに、疑っているんですね」

糸川は、ポツンとつぶやいた。

「ぼくがそのことで今中部長を怨《うら》んで殺した。……そんなふうに、刑事さんたちは推理しているんですね」

「残念ながら我々警察官には、推理小説の名探偵のような飛躍した推理は許されておりませんのでね、そこまで話を無理やりこじつけることはいたしません。ただ、あなたと今中部長との関係を、きちんと把握しておきたいがゆえの質問なんです」

「……」

「お答えになりにくければ、私生活での背景を抜きにした質問に切り替えましょう。あなたは、日常的な仕事において、今中部長から嫌われているとお感じになっているのではありませんか」

「それは……そうです」

糸川は、やっと認めた。

「どうして嫌われていると思われますか」

「知りませんよ」

糸川は、吐き捨てるように言った。

「部長は、渡嘉敷みたいなスポーツマンタイプの男が好きなんです。よく言われましたよ。

『糸川みたいな頭デッカチの人間は、少しは渡嘉敷の男らしさを見習うべきだ』って」

「しかし、あなたがたのプロジェクトは、若手社員の中から、今中部長のお気に入りが選ばれて構成されているのではありませんか」

「女性はね」

糸川は言った。

「でも、男のほうは違いますよ。少なくともぼくは違う。実績の確保のため、営業マンとしての実力をみて選んだのだと思います」

糸川は、聞きようによっては自信過剰とも受け取れる発言をした。

「ところでねえ、糸川さん。話があっちこっちに飛んで申し訳ないんですが」

野坂警部は、両手の指をテーブルの上で組み合わせた。

「この質問は、どなたにしたものかと迷いましたが、やはり男性のあなたに伺うのが適当かもしれませんな」

「なんですか」

「あなたがたの登山計画について、おたずねしたいのです」

「登山計画？」

「はい。ちょっとこれを見ていただけますかな。これは、富士山頂での最初の聴取のさいに、ここにいる松井君が、みなさんからお聞きしたことをまとめて作り上げた登山行程の夕イムスケジュールなんですがね」

野坂警部は、糸川のほうに向けて一枚の紙を差し出した。

それは、三杏ボトラーズの面々が、五合目レストハウスから山頂に至るまで要した登山時間を、わかりやすく表にしたものだった。

彼らが登るのに費《つい》やした時間の下には、吉田口登山道を通って山頂に向かうときの標準的な所要時間が、比較のために書き込まれてあった。

「こうやって表にまとめますとね、まあ女性の方が加わっているだけに、標準所要時間に較べて、どうしても遅れ遅れになっているのがわかります」

野坂の言葉に、糸川は表に目を落としたまま黙ってうなずいた。

「とりわけ、六合目から七合目、七合目から八合目といったところは、だいぶバテられたようですね」

「ええ、男のぼくらでもクタクタになりましたけれど、女の子たちは、かなり参っていたようです。とくに、里津子……三木さんと霧島さんが」

「松原さんは元気だったんですか」

「ええ、彼女は思ったよりもね」

「いちばん小柄で、日本人形のような可愛らしいお嬢さんですが、ずいぶんと元気はあるんですな。ところで……」

合目	出発時間	所要時間	標準所要
5	18：40		
		35分	30分
6	19：15		
		90分	60分
7	20：45		
		225分	180分
8着	00：30		
		仮眠	
〃発	03：15		
		60分	50分
9	04：15		
		40分	30分
山頂	04：55着		
5合目から山頂までの所要時間		450分	350分

野坂警部は、糸川の見入っている表に反対側から手を伸ばして、一点を指さした。

「みなさんは、八合目の山小屋で仮眠をとっておられますね。しかし、その時間たるや、わずか二時間四十五分。実際に眠られていたのは、ひょっとしたら二時間を切っていたでしょう」

「はい。ほんのウトウト、といった程度で」

「標準ペースを下回るような体力のない女性がいるにしては、ずいぶんとハードスケジュールになったものですな。これが昼夜逆になっていて、朝の六時四十分に出発したという話ならば、ゆったりとしたペースといえますが、夜を徹しての強行軍で、睡眠をギリギリ削《けず》ってでも、なにがなんでも御来光に間に合わせたという雰囲気が滲み出ていますが……ちょっと無理のしすぎだったんじゃありませんかねえ」

「そうですね。なにしろ、六人の中に富士登山の経験者はひとりもいませんでしたから、時間のヨミが甘かったのは事実です。それにしても、標準的な時間からこれほど遅れるとは、ちょっと予想していませんでした」

「ふつうだと、五合目から山頂まで六時間を切るところなのに、あなたたちは七時間半もかかっていますからねえ」

「はい」

「そもそも出発時刻に問題があったのではありませんか」

野坂警部は指摘した。

「ゆったりペースで登りながら頂上で御来光を見たいという場合、夜の六時半すぎに五合目を出たのでは、当然、このようにロクに睡眠もとれない段取りになりますよね」

「ええ」

「これ、ちょっと出発が遅すぎたんじゃありませんか」

「それは、一つには、里津子が集合時刻に遅れたせいもあるんです」

糸川は三木里津子を、また下の名前で呼んだ。

「彼女は出発の前々日から有給休暇をとっていたため、ぼくらとは別行動で、五合目のレストハウスに直接入ることになっていました。その彼女が、二時間半も遅れたんですよ」

めた。

「二時間半も？」

野坂は、そんなことは三木里津子本人は言っていなかったな、と思いながら、糸川に確かめた。

「そうしますと、もともとの集合時間は……」

「四時でした」

糸川が答えた。

「渡嘉敷の計画だと、登山に要する時間は標準より多めに見積もっても六時間半。したがって、午後四時に五合目を出れば、途中八合目の山小屋で六時間ほど眠ったとしても、山頂での御来光にじゅうぶん間に合う、という計算だったんです」

「なるほど、六時間の睡眠をとれるならば、これはじゅうぶんですな」

「ところが待てど暮らせど、約束の時間に里津子がこないんです。自宅に電話をかけても応答がないので、いちおうこちらに向かって出たようだから、しばらく待とうということにはなったんですが」

「それで、実際に三木さんが来た時刻は……」

「六時半ごろでした」

「遅れた理由は、何と言ってましたか」

「体調が悪かったそうです」

「体調とは？」

「さあ、それは本人に聞いてください」

「しかしですよ、たがいに連絡のとりようがないという状況で、よくもまあ二時間半も待ったものですねえ」

首をかしげながら、野坂警部は言った。

「三木さんを待たずに、先に出ようか、という話にはならなかったんですか」

「なりました。この調子ではたぶんこないだろうから、先に出発しようと」

「それは、誰が言い出したんですか」

「……ぼくです」

ややバツが悪そうな顔で、糸川が答えた。

「となると、その逆に、彼女を待っていてあげようという意見も出たわけですな」

「はい」

「それは誰の意見です」

「部長でした」

また、複雑な顔で糸川は言った。

「その前に、渡嘉敷がこういう意見を出したんです。自分がここでもうしばらく里津子を待っているから、部長とみんなは先行してくれ、と。そして、八合目の山小屋で合流しようと」

「なるほどね。まあ、遅刻者が出たときの、妥当な提案ですな」

「けれども、それに対して部長が反対しました。せっかくみんなでそろって御来光を拝もうという企画なのだから、一人遅れても意味がない。もうちょっと待っていてやろうじゃないか、と」

「部長がそういった提案をなさったとき、あなたはどう思われました」

「……」

「どう思われましたか、糸川さん」

「正直いって……いい気持ちはしませんでした」

「それはなぜです」

「部長が、里津子に特別な感情を抱いているのがわかりましたから。いや、感情だけじゃなくて、もっとアレなのかな、と」

　最後は言葉尻を濁《にご》したものの、ここにきて糸川は、今中部長の存在が、彼と里津子の関係に亀裂を入れた原因になっていることを、事実上認める発言をした。

（松原萌の『カン』というやつは、どうやら当たっていたようだな）

　野坂は思った。

「そういえば……」

野坂が、ふと思い出したように言った。

「三木さんがレストハウスに到着したとき、今中さんは、公衆電話でどこかに電話をかけていたそうですね」

「ああ、そういえばそうだったかもしれません」

「その電話は、三木さんの自宅にかけていたものではないんですか」

「きっとそうなんじゃないですか」

糸川は、投げやりに言った。

「もしも何かの事情で途中から家に戻っている場合もあるだろう、と言って、何度も何度も電話をしていましたからね」

「そうだ……」

急に声を出したのは、いままで黙って横でやりとりを聞いていた松井刑事だった。

「警部、ちょっとひとこと糸川さんにたずねていいですか」

野坂に断ってから、松井は糸川にきいた。

「ひょっとすると、今中部長の叫び声というのは、三木さんが遅れてやってきたのを見て、それで発したものではないのですか。……つまり、こないかもしれないと思っていた人間がきたので驚いた」

「いいえ」

糸川は、はっきりと否定した。

「部長のあの叫び声は、そんな単純な驚きによるものではありませんでした。もっともっと、何かとんでもないことに驚かされた、という迫力がありましたから」

野坂は、今後の捜査にも協力をしてくれるよう頼んだあと、糸川を退出させ、最後の霧島慧子の前に、もういちど三木里津子を呼び込んだ。

5

自分の番はもう終わったと思っていた里津子は、控室から再度呼び戻されたので、かなり不安な表情を浮かべていた。

「すみませんね、三木さん、二度手間をとらせてしまって」

「なんでしょうか」

里津子は、落ち着かない視線を野坂警部に向けながら、ふたたび所定の椅子に腰を下ろした。

「お時間は取らせません。三つの質問に答えてください」

「あの、その前にいいですか」

里津子が警部をさえぎった。

「先にお断りしておきます。いま、糸川さんが質問を受けていたと思いますけれど、もしもその場で、私と彼とのプライベートな出来事が話題になったとしても、それは何も関係ありませんから」

「早トチリをしないでくださいよ、三木さん」

野坂は微笑を浮かべて言った。

「私がおたずねしようとしているのは、そんなことではありません。さきほどあなたは、私どもに対して一つおっしゃらなかったことがありました」

「なんです？」

「約束の集合時間に二時間半も遅れてしまったことですよ」

「ああ……」

里津子は、無意識のうちに、栗色の髪を何度も手で梳《す》いていた。

「べつに、それは部長の事件とは関係ない問題だと思っていましたから」

「なぜ遅れました」

野坂警部は簡潔にきいた。

「なぜ、二時間半も遅れたのですか」

「身体《からだ》のぐあいが悪かったんです」

「具体的にはどのように……」

「ここへくる途中で、急にお腹が痛くなったんです。胃がキリキリと痛みはじめたんです。なにか食べ物に当たったのかもしれませんけれど。それで、しばらく休んでいました」

「では、第二の質問です。そうした腹痛にもかかわらず、あなたは五合目のレストハウスにやってこられた。しかも、二時間半遅れで。そんなに遅れてしまったのなら、もう富士山へ行くのはやめようとは思わなかったんですか」

「たしかに迷いました。でも、しばらく休んでいたら腹痛が治ってきたのと、それから、もしもみんなが私を待っていてくれたら悪いと思って……。とにかく行かなくちゃと思っていました」

「レストハウスに電話をかけて、仲間の呼び出しを頼もうとは考えませんでしたか。あるいは、誰かが携帯電話を持っているとか」

「そういったことには頭がいきませんでした。仮に電話番号がわかっていたとしても、登山客で混雑しているでしょうから、呼び出しなどはしてもらえないだろうと。携帯はどうせ圏外だろうし」

「五合目は携帯のエリア内ですよ」

「そうですか……」

「では三つ目——最後の質問です。あなたは木曜日と金曜日に有給休暇をとっていらっしゃった。だから、土曜日の富士登山は現地集合にした。そう言われましたね」

「はい」

「では、木金とあなたはどこにいました」

「え？」

里津子は、なぜそんなことをきくのか、という表情になった。

だが、野坂警部が黙って見つめるので、仕方なしに答えた。

「木曜も金曜も、私は東京にいました」

「ほう……東京にいらっしゃったんですか」

野坂は、意味ありげに頭を上下させた。

「いや、なぜおたずねしたかといいますとね、もともと土曜日の集合時間は、スバルライン終点に午後四時だった。そうですよね」

「はい」

「そんなにゆっくりした集合時間ならば、いくら前日まで有給休暇をとっていても、東京におられたのですから、みんなといっしょに新宿《しんじゅく》からのバスに乗ってもよかったんじゃないんですか」

里津子は、困った顔になった。

「それとも、一人だけ現地集合にしたのは、何か特別な事情があったんですか」

「……はい」

ためらったのちに、里津子は答えた。

「往復のバスなどで、糸川さんと一緒になりたくなかったからです」

6

三木里津子に対する追加質問を終えたあと、最後に部屋に入ってきたのが霧島慧子だった。

さきほど、三杏ボトラーズの五人は美男美女ぞろいだという感想を洩らした野坂警部だったが、正直なところは、三木里津子や松原萌に較べて、霧島慧子の美しさは群を抜いていると思った。

彼女が部屋に入ってきたとき、なにか周囲の空気がパッと輝くような気さえした。若い松井刑事などは、ひとりで勝手に顔を赤らめてしまったほどである。

さすがに年配の野坂は、そのような動揺はみせずに、いくつかの質問を重ねていった。

そして野坂は、相手の口が滑らかになってきたのを見計《みはか》らって、答えにくい質問をぶつけてみた。

「霧島さんは、今中部長から不愉快な思いをさせられたことはありませんか」

「それは、セクハラという意味でおっしゃっているのですか」

慧子は、意外に冷静な口ぶりで聞き返してきた。

「まあ、そうですが」

「あります」

慧子は、あっさりと答えた。

「たとえば、どんな」

「キスをされました」

「なに！」

野坂は、おもわず力んでしまった自分に気づき、あわてて平静を保とうとした。

松井刑事なども、ガタンと椅子の音をさせたほどだった。

捜査官も男である。二人とも、死者の今中に対して憤《いきどお》りを感じていた。これだけの美女に対し、上司の権限を笠《かさ》に着てキスをするとは……。

「それはどんな状況で」

「お酒の席でした。営業第三部の年配の方が転勤になるというので、歓送会を開いたそのときです」

「酒の勢いですか」

「……ですね」

慧子は、仕方ないというふうに、かすかに首を左右に振った。

「腹が立ちませんでしたか」

「日本の男の人は、酒の席でのことはなんでも許されるという考え方でしょう。ですから、いくら怒っても意味がないかなあ、と」

慧子は、まるで自分が日本人でないような言い方をした。

国籍は日本でも、ノルウェーの血が半分混じっているせいか、慧子は、ときおりいまのような言い方をすることがあった。

「今中さんという人は、お酒が入ると、どうも芳《かんば》しくない行動をしていたようですねえ」

「………」

「ところで、個人的なことに立ち入ってしまうかもしれませんが、霧島さんは、いま恋人はいらっしゃいますか」

「います」

その返事に、松井刑事が落胆の吐息を洩らしたのが、野坂の耳に聞こえた。

「もしや、渡嘉敷さんと糸川さんのどちらかということは……」

「はい、渡嘉敷さんです」

「なるほど」

野坂は納得したようにうなずいた。

「彼はなかなか好青年ですからなあ」

警部は笑ったが、色白の頬を少しピンクに染めた慧子は、キリッとした表情を崩さなかった。

「ではどうでしょう、今中部長が、あなたと渡嘉敷さんの仲を嫉妬《しっと》していたようなことはありませんでしたか」

「部長は、彼には一目《いちもく》置いているんです」

慧子は、渡嘉敷を『彼』と言った。

「こういう言い方は亡くなった部長に失礼かもしれませんが、部長は、自分が部下の間に人望がないことを気づいていらっしゃいました。いわゆるイエスマンですから、上役からは意外に評判がいいのですが、下にはぜんぜん……。それで、なんとか自分の子飼いの部下を作らなければまずい、と思われたようです」

「そこで、白羽の矢を立てられたのが渡嘉敷さんだというわけですね」

「ええ。はたからみても、部長のひいきぶりは明らかでした。でも、面白いのは、『渡嘉敷さんが今中部長にひいきにされている』という言い方を、社員の誰もがしないんです」

「といいますと」

「むしろ、『今中部長が渡嘉敷さんを頼りにしている』というふうに……」

「うーん」

野坂は、持っていたボールペンで額をかいた。

「なんだか、今中さんの社内での立場が見えてきますなあ」

「ごめんなさい。私、決して部長の悪口を申し上げるつもりではなかったんですけれど……」

「いえいえ、この場では、そうしたことはあまり気になさらずに、何もかもありのままおっしゃってください」

「はい」

慧子が伏し目がちになった隙《すき》を利用して、野坂は、彼女の美貌をしばし鑑賞した。

(いやあ、ほんとにきれいな女性だなあ)

野坂は、あらためて感心した。

(彼女は渡嘉敷純二と相思相愛の仲にあるというが、これだけきれいな女性だと、彼女をめぐって男女の確執というものがありそうな気がするんだが……)

そのとき、慧子がふと顔を上げたので、野坂は、あわててつぎの質問を投げかけた。

「さてと霧島さん、話は事件が起きた時点に飛びますがね、これは他の方にも、ひととおりおたずねした質問なんですが、あなたがたは山頂到着時点で、なぜいっしょの行動をとらなかったのですか」

「とおっしゃいますと」

「あなたがたが吉田口山頂に到達したのは四時五十五分でした。そして、日の出は五時五分でしたが、雲海にさえぎられていた関係で、実際に御来光を拝めたのが五時九分」

野坂警部はメモを見ながら言った。

「このときになって、はじめて糸川さんが御来光をバックに記念写真を撮ろうとみんなを呼び集めました。そして、そのさいに今中部長がいないことに気がついた。しかしですよ、六人でいっしょに登ってきながら、なんでまた山頂でバラバラの行動をとってしまったんですか」

慧子が答える前に、野坂はさらにつづけた。

「おまけに、これまで確認したところでは、登頂直後から御来光までの間、ずっといっしょにいたというのは、渡嘉敷さんとあなただけです。これは、渡嘉敷さんの言い分ですが」

「ええ、それはほんとうです」

慧子は言った。

「私は、ずっと彼の隣りにいて御来光を待っていました」

「ところが、他の人は自分勝手に行動しているという感じで……それゆえに、今中氏が殺された瞬間のアリバイがあいまいになってしまっている。どういうことなんですかね、これは」

「それには、理由が二つあると思います」

慧子は、理知的なしゃべり方で答えた。

「一つは、山頂に着いたのが、日の出の時刻の直前だったことが挙げられます。息を切らせて頂上に着いたら、もう大ぜいの人たちが東の空を眺めて待っている。百人ではとても利かない人数です。それでとにかくいい場所を取らなければ、という気持ちになったと思うんです。でも、もう六人がいっぺんに割り込めるスペースなどありませんでしたから、自然とバラバラになって人の間に割り込む形になってしまったんです」

「では、もう一つの理由というのは？」

「それは……私たち六人のチームワークが、決して良いとは言い兼ねるからです」

そこで慧子は、野坂警部が興味を示していた六人の相関関係について語った。

野坂としては、必ずしも慧子が真実を述べているという確証はなかったが、これまで事情を聴いた五人の中でもっとも落ち着いた話しぶりなので、霧島慧子の証言内容にはかなりの真実味を感じていたところだった。

その慧子の言葉によれば——

・今中は、渡嘉敷を仕事のできる部下として頼っている。

・今中は、糸川を人間的に嫌っている。

・今中は、三人の女性いずれに対してもセクハラ的言動がみられるが、三木里津子とは社内不倫の関係にまで陥《おちい》っていた可能性がある。

・その里津子は、糸川と事実上婚約者同然の関係にあったが、いまは冷《ひ》えている。
・松原萌は、糸川と里津子がまだ良好な状況にあったと思われるころ、糸川と肉体関係を結んだ。
・渡嘉敷と慧子は、安定した恋人関係にあり、近々正式に婚約する予定がある。
・渡嘉敷と糸川の男同士の仲は、見た目は良好だが、糸川が渡嘉敷に対してコンプレックスを持っているようにも見受けられる。

「どうも長々と、参考になるお話をお聞かせいただいてありがとうございます。ところで最後にもうひとつだけお聞かせください」

野坂は、ふと思い立って、常識では絶対にすべきでない質問をぶつけてみる気になった。

「これはお答えになりたくなければ、さらりと聞き流してくださって結構ですが」

「なんでしょう」

「今回富士山頂で今中部長を殺した犯人なんですが、あなたのお考えでは、これはいったい誰だと思われますか」

「……」

いままで、ほとんどの質問に対し、打てば響くような即答をつづけてきた慧子も、さすがに長い間《ま》をとった。

そして、端整な顔をまっすぐ野坂警部に向けて答えた。

「富士山頂にいたたくさんの人の中で、私と渡嘉敷さんをのぞいた全員に、犯人の可能性があると思います」

七．隣りの女

1

志垣警部と和久井刑事にとっては、おもわぬ展開となった富士登山だったが、東京に戻ってみると、新たな事件が彼らを待ち受けていた。

富士山殺人事件発生の翌三十日の月曜日――

本庁に出てきた志垣警部は、前日、江東区富岡一丁目のマンションで発生したＯＬ刺殺事件の捜査チームに参加を命じられた。

朝いちばんで事件の概要を把握した志垣は、例によって和久井を連れて、まずは深川の現場におもむくことになった。

「やっぱり東京は暑いなあ」

深川不動堂前の参道を歩きながら、汗かきの志垣は、しきりにハンカチで汗をぬぐった。

「ことしは異常な冷夏だなんて言っても、夏は夏ですよね」

と、和久井も、うだった顔でネクタイの結び目をゆるめた。

朝方に少し雨が降って、いまは曇り。だが、ものすごい湿気で、蒸し暑さは耐《た》え難《がた》いほどである。

「いまとなっては、富士山頂が懐かしいですよねえ、警部」

「まったくだよ。酸素不足と筋肉疲労でヘトヘトになったが、なんせ気温が五度だもんなあ。下界に較《くら》べれば天国だな」

「これから夏の間は、富士山勤務にしてもらえませんかね」

「楽だろうな、事件も少なくて」

「だけど起こっちゃいましたよ、殺人が」

「ああ」

志垣は顔をしかめた。

「なにも、富士山はじまって以来の殺人事件に出くわさなくてもよさそうなものだが」

「御殿場署の野坂警部も、深刻な顔をしていましたもんね」

「うん……ところで、和久井」

「はい」

「この道を歩いていると、何かを思い出さないか」

「あ、深川丼《ふかがわどん》！」

志垣の問いかけをよそに和久井は唐突に声を上げ、参道脇に並ぶ店のひとつを指さした。

「アサリとネギをダシで煮込んでごはんの上にぶっかけたやつ。これ、けっこういけるんですよねえ。お昼の休憩のときに食べにきません？」

「バカッタレ」

志垣は和久井の頭をパカンとはたいた。

「現場に着く前から昼メシのこと考えていてどうするんだよ」

「だって、ただ無目的に捜査活動をつづけていても、刑事として何の張りあいもないでしょう。だからせめて、ご当地味自慢めぐりってやつを兼ね合わせないと」

「そんなものは兼ね合わせなくてよろしい」

渋面《じゅうめん》を作って志垣は言った。

「それよりも、この正面に見える深川不動堂だよ。あれを見てきみは何かを思い出さんかね、と言っているんだ」

志垣が指さす参道の突き当たりには、『平成大改修』とよばれる全面的な新装工事を終え、装《よそお》いも新たになった成田山深川不動堂が見えた。

この不動堂は、過去に二度の焼失を経験している。

最初の不動堂が落成したのが明治十四年。廃仏毀釈《はいぶつきしやく》の動きがおさまり、明治政府によって信教の自由が保証されたのちに、成田山別院として深川不動堂は建てられた。

本来この敷地は富岡八幡宮の所有地であり、それを東京市が深川公園として管理していたのだが、その一部を無償貸与される形で、不動堂は作られた。

そして明治十八年四月十五日から六月三日までの五十日間にわたり、この本堂落成を記念して、秘仏公開の出開帳が行なわれ、たいへんなにぎわいをみせた。

その後、日清日露《にっしんにちろ》の二大戦争を経て、大正十二年の九月一日、関東大震災によって最初の本堂焼失。ただしこのときは、奇跡的に本尊諸仏の被災を免れ、二年後の大正十四年から本堂の再建工事がはじまった。

三年後の昭和三年、二代目となる深川不動堂が落成。昭和五年に、深川公園内の不動堂敷地は富岡八幡宮に下げ戻されたが、昭和七年には八幡宮からこの土地を買い入れて、現在の状態にほぼ近い敷地が、純粋に深川不動堂の所有となった。

ところが、昭和二十年三月十日深夜、B29による東京大空襲で江東区一帯は壊滅的な打撃を受け、不動堂はふたたび焼け落ちてしまった。

だが、寺域の周辺に火の手が回りはじめ、やがて本堂にも飛び火してあたり一面が猛火と黒煙に包まれる中、書院宿直者らの懸命の搬出作業により、またしても本尊は被災を免れた。

とはいえ、最初の焼失と異《こと》なり、日本国全体が敗戦の大打撃をうけた状況では、さすがに本堂再建とはすんなりいかず、千葉《ちば》県印旛《いんば》郡本埜《もとの》村にあった天台《てんだい》宗龍腹寺《りゅうふくじ》本堂の譲渡寄進を受け、これを深川に移築して新本堂とすることが決まった。

そして昭和二十六年に、三代目の本堂が落成。これをさらに大改修したのが現在みられる深川不動堂である。

「七合目のトモエ館に着いたときに……」

志垣が話をつづけた。

「下町の郷土史を研究しているという、年寄りの登山者に会っただろう」

「ええ」

「そのとき、彼が富士信仰の信者の集まりである富士講の説明をしてくれたじゃないか」

「ああ、そういえば……」

和久井も、思い出したという表情でうなずいた。

「それにからんで富士山のミニチュア版を作る富士塚の話になって、江東区の富賀岡八幡宮にもその富士塚があると」

「そうだよ」

「そしたら警部が、富岡八幡宮と勘違いしたんですよね」

「うん。そのときに老人は、富岡八幡宮は深川不動とゆかりが深いが、富賀岡八幡宮はぜんぜん別なのだという趣旨のことを言ったな」

「そうでした。字も似ているし、場所も同じ江東区でしかもすぐそばなのに……と」

「まさか、つながってこないだろうなあ」

志垣がポツンとつぶやいたので、和久井は、歩きながら警部の顔をのぞき込んだ。

「つながってこないだろうなあ、って……なにがです」

「富士山の事件とこっちの事件が、だよ」

「そんなあ」

和久井は笑った。

「そこまで出来すぎた話にはならないでしょ」

「でも、被害に遭《あ》った二十二歳の女性は、静岡県の富士宮市出身というじゃないか」

「富士山の麓の町……ですね」

「な、つながってきそうだろう」

「どうですかねえ……あ、こっちでしょ、警部。現場のマンションは」

和久井は、まっすぐに進みつづける志垣を引きとめて、参道右手のほうを指さした。

「わかってるよ。でも、まずはお不動さまにお参りだ」

「律義《りちぎ》ですねえ」

「神社仏閣がそこにあったら、必ず手を合わせ、頭を下げるのがおれの主義なのだ。だから、つきあえよ」

志垣は、強引に和久井をつれて、深川不動堂の境内に入った。

そして本堂の階段を上り、正面の賽銭箱《さいせんばこ》に百円玉を入れると、志垣は目を閉じて手を合わせた。

隣りに立つ和久井は、ポケットに入れたバラ銭を手探りでつかみ、それが百円玉だったので、もういちど手を突っ込み直し、五円玉を選んで賽銭箱に投げ入れた。

そして警部にならって手を合わせたとたん、志垣が、和久井にとってはまったく意味不明の言葉をつぶやきはじめた。

「のうまく　さんまんだ　ばざらだん　せんだ　まかろしやだ　そわたや　うんたらた　かんまん」

「……！」

びっくりして、和久井は志垣の横顔を見つめたが、志垣は目を閉じたまま、一心にその言葉を繰り返しつづけている。

「のうまく　さんまんだ　ばざらだん　せんだ　まかろしやだ　そわたや　うんたらた　かんまん。のうまく　さんまんだ　ばざらだん　せんだ　まかろしやだ　そわたや　うんたらたかんまん。のうまく　さんまんだ　ばざらだん　せんだ　まかろしやだ　そわたや　うんたらた　かんまん」

「あ……あの……警部」

一区切りついたところで、和久井は遠慮がちに志垣の背広の袖をチョンチョンとつついた。

「なんですか。そのうんたらたかんたら、っていうのは」

「これは不動明王の真言《しんごん》なのだ」

「しんごん……」

「そう。真言とは、梵語《ぼんご》でいうと『マントラ』」

「聞いたことあるなあ、それ」

「真理を述べた秘密の言葉、とでも言えばよいであろうかな」

志垣は、もったいぶった言葉づかいになった。

「不動明王のマントラは、長さによって大呪《だいじゅ》・中呪・小呪の三種類があるが、いまおれが述べたのは、そのうちの中呪にあたる」

「妙なことに詳しいですねえ、警部は」

「小さいころ、ばあちゃんに教わったのだ」

「なるほど。でも、ぼくには『うんたらかんたら』は覚えられないなあ」

「そういうやつは、小呪を覚えておけばよいのだ。これは『のうまく　さんまんだ　ばざらだん　かん』で終わりだ。これなら覚えられるだろ」

「のうまく　さんまんだ　ばざらだん　かん……ですか」

「そうだ。お不動さまへの定期的なお参りは、和久井にもすすめるけどな。というのも、いろいろな信仰の中でも、お不動さまというのは警察官にはぴったりなのだよ。災難に立ち向かい、悪行をこらしめる、そのパワーが表情に出ているだろう」

「そういえば、ナントカ不動というと、必ず怒ってますよね、顔が」

「そして、必ず背中に火炎を背負っている。これはな、煩悩《ぼんのう》や障害を焼き尽くすという意味があるんだ。さらに、右手には剣、左手には索《さく》とよばれる縄を持っている。この索は、道を誤ろうとする者を、正しい方向へ引き戻すときに使うといわれておるのだがね」

「はあ〜」

「そして、一般的な仏というのは、だいたいハスの花——蓮華《れんげ》の台に乗っているものだが、不動明王だけは、しっかりと岩を踏みしめた構図になっている。なまじのことでは動かんぞ、というわけだ」

「だから不動、ですか」

「そういうことだ。とにかくパワフルで戦闘的なんだよなあ、お不動さまは」

「なんだか警部みたいですね」

「では、おれのことを、捜査一課の不動明王と呼ぶか」

ガハハと笑うと、志垣はハンカチで汗をぬぐい、和久井の肩をポンと叩いて言った。

「さあ、おみやげ、おみやげ」

「おみやげ？」

「そうだよ。ここに来たからには、お守りを買っていかなくちゃ」

志垣は、護摩札《ごまふだ》などと並んで、各種お守りやステッカーなど、平たくいえば『参詣《さんけい》グッズ』を売っているところに和久井を引っ張っていった。

そして志垣は、交通安全のお札と、六つの瓢箪《ひょうたん》に『無病』をひっかけた『開運千生《せんなり》無病瓢簞』のお守りを買い、和久井は、いろいろ迷ったあげく、金色と緑の二色《いろど》で彩られた亀が付いた鈴を手に取った。

「なんだ、それは」

「亀ですよ、亀。『招福身代わり亀鈴』。身にふりかかる災難を、このカメちゃんの付いた鈴が、代わりに引き受けてくれるんだそうです」

和久井は早速そのお守りを袋から取り出し、指に引っかけて、鈴をチリンチリンと鳴らしてみせた。

「頼もしいなあ、カメちゃん。どんな災難も引き受けてくれるなら、これからはこのカメちゃんが、ぼくの代わりとして警部にひっぱたかれることになるんでしょうね」

「そうはならんよ」

パカンと和久井の後頭部をはたいて、志垣は言った。

「さあ、寄り道が長くなった。行くぞ、現場に」

2

殺された栗原美紀子のマンションは、ちょうど深川不動堂と富岡八幡宮の間にはさまれた場所にあった。

周囲にはいくつかのマンションが並んでいたが、美紀子の住まいは、そうしたマンション群の中に埋もれてしまいそうな、三階建てのこぶりな集合住宅だった。

いちおうマンションという名前は付いているものの、アパートと呼んだほうがふさわしい外観で、その最上階——三階に並ぶ五つの部屋の、右から二番目が美紀子の部屋だった。

志垣警部らが向かうことは連絡してあったので、深川署の山下《やました》警部補があらかじめ出迎えに立っていた。

かんたんな挨拶を交わしてから、志垣と和久井はワンルームの間取りの部屋に入った。

風通しをよくするために入口のドアも窓も開け放ってあったが、クーラーが停めてあったので、部屋の中はどっと汗が噴《ふ》き出るような蒸し暑さだった。

「ひどいな」

こめかみから流れ落ちる汗をハンカチでぬぐいながら、志垣はポツリと感想を洩《も》らした。

すでに死体は昨日のうちに搬出されており、血染めのタオルケットなども、証拠品として別途保管されてあったが、それでも惨劇の様子はじゅうぶんにうかがえた。

「発見者は、被害者の妹の女子高生です。きのうの朝、上京して、この惨状を見つけたようです」

山下警部補は、栗原由里から聞き出したいきさつを、志垣らに手短に述べた。

彼は暑さに強いのか、汗ひとつ浮かべていない顔で報告をした。

「……なるほど、姉との会話を録音テープで聞き返しているうちに、カチャッと玄関ドアが開く音に気がついた、というわけか」

「そのテープは、妹が借りているアパートの大家立ち会いのもと、富士宮署員に頼んで彼女の部屋から持ち出してもらい、まもなくこちらのほうに到着する予定になっています」

「妹は？」

「ショックで寝込んでいます。署のすぐそばにある小さな旅館に部屋をとって、昨日はそこに寝かせました。いまもウチの婦警がひとり彼女に付き添っています。ちょっと目が離せない状況なので……」

「だろうな。年頃の娘には、少々刺激が強すぎる事件だ」

志垣は、乾いた血が奇妙な形の模様を描き出しているマットレスを眺め下ろした。

「で、報告によると、死亡推定時刻は、その留守番電話に記録された不審人物の侵入時刻とだいたい一致するそうだが」

「ええ、姉妹が最後に電話をかわしたのが、いまから三日前の八月二十七日、金曜日の夜更《よふ》け——午後十一時すぎから十一時半ごろだということです。そして、被害者の死亡推定時刻も、おおよそ、その時点を境にしてプラスマイナス三時間という幅が出ています」

「東京でひとり暮らしをしながら、夜になっても鍵を掛ける習慣がなかったとはねえ」

志垣は、和久井と顔を見合わせ、信じられないというふうに首を振った。

「殺害に用いられた凶器は、まだ見つかっていないそうだね」

「でも、傷痕から推測して、一般に市販されているナイフか包丁が用いられたと考えていますが」

「被害者が台所で使っていた包丁が使われたのではないんだね」

「ちがいます」

初動捜査にあたった山下警部補が答えた。

「全身メッタ刺しのわりには、四方八方に血しぶきが飛んでいませんが、これは、被害者がタオルケットにくるまっており、その上から刺されたとみられるからです。死体の状況からみて、栗原美紀子は侵入してきた犯人が凶器をふりかざすのを見て、無意味とは知りつつも、本能的にタオルケットにくるまって隠れようとしたのでしょう」

「それはまた、犯人にとっては好都合だったな」

　志垣は言った。

「このぶんだと、おそらく犯人はほとんど返り血を浴びていないだろう」

「そうだと思います」

「しかし、隣り近所からは有力な証言が得られていないようだな」

「昨日まではそうでした」

「というと？」

「警部がいらっしゃる、ほんの一時間ほど前ですが、こちら側の隣りに住む老人が、署に連絡をしてきまして」

　山下警部補は、惨劇のあった部屋の右隣り——すなわち、三階のいちばん右端にある部屋のほうの壁を手で示した。

「事件のあった夜、そのお年寄りはぐっすり寝込んでいたそうですが、夢の中で叫び声を聞いた気がする、というんですよ」

「夢の中で？」

「ええ。ところが、よくよく思い直してみると、あれは夢ではなくて、現実に聞いた叫びではないかという気がしてきた、と」

「やれやれ」

志垣は苦笑した。

「なんともスローテンポな話だな。それで？　そのお年寄りは、栗原美紀子が殺されるときの悲鳴を、実際に耳にした、というわけだね」

「いや、被害者の悲鳴ではないのです。女ではなくて、男の叫び声を聞いたというのですよ」

「男の？」

「それも、ウォーッという、ものすごい雄叫《おたけ》びだったそうです」

山下警部補の言葉に、和久井はギョッとした顔になった。

「警部」

和久井が小声でささやいた。

「やっぱり、つながってきちゃいましたね」

「その叫びは、どういった感じのものだったのか、もっと詳しく知りたいな」

志垣は、せき込んで山下にたずねた。

「ちょっと、いますぐ隣りに行って、そのお年寄りに直接話を聞かせてもらおうか」

「いや、それがですね」

山下は、困ったという顔になった。

「ついさきほど外出しましてね」

「どこへ」

「老人会の寄り合いにボランティアとして若手の落語家が来て一席ぶつというので、それを聴きに行きましたよ。なんでも大好きな『野ざらし』を演《や》るというので張り切っていましたが」

「まいったね。それで帰りは」

「さあ……」

山下警部補は首をひねった。

「戻り時間は聞いておりませんので」

「そのあと向島《むこうじま》へ行って釣りでもやってくるんじゃないだろうな」

落語の筋書をつぶやきながら志垣は渋い顔をした。

「では、反対側の住人はどうなのかね。こっちの隣りに住む人間は」

志垣は、さきほどとは反対の壁を示した。

「右隣りの住人に聞こえた叫び声なら、左隣りにも聞こえていることになるだろう」

「それが、こちらの隣人はですね——大家に確認したところ、やはりＯＬなんですが——昨日の日曜日は遅くまで外出から帰ってこなかったようで、聞き込みができなかったのです」

「けさは」

「早々に勤めに出たようです。事情を聴きたいというメッセージはゆうべのうちに入れておいたのですが、会社に急用があるとかで、思ったより早く出かけてしまったみたいなんです。いちおう、我々あての伝言は、きちんとドアに張り紙がしてありましたけれど」

「ふうん」

「まあ、彼女の勤め先はわかっておりますので、あとであらためて事情を聴きに行くつもりでおります。会社は箱崎にある三杏ボトラーズですから、そんなに遠くありませんしね」

「なんだって！」「ええっ！」

志垣だけでなく、和久井までがおもわず大きな声を出した。

「三杏ボトラーズ？」

二人がそろって聞き返した。

「な……なんです」

その勢いに、こんどは山下のほうがびっくりした顔になった。

「三杏ボトラーズがどうかしたんですか」

「あんた、きのう富士山で起きた殺人事件について、何も聞いていないのかね」

「小耳には挟みましたが、なにしろこっちの事件にかかりきりで」

「そりゃそうだな。じゃあ、知らんのも無理はない。で、その左隣りの住人の名前は何というんだね」

「三木という苗字《みょうじ》のＯＬです。えーと、下の名前は何といったかな。フルネームで表札がドアに掛かっていますから、いま廊下に出てみればごらんになれ……」

山下の言葉の途中で、志垣と和久井はもう部屋を飛び出していた。

「まいったぞ、和久井」

こぼれ落ちる汗をぬぐおうともせず、志垣がつぶやいた。

「まいりましたね……」

和久井も顔をこわばらせた。

「ここでも男の叫び声が聞かれて、しかも、被害者の隣りに住んでいる女が……これだ」

志垣は、左隣りのドアにかかっているプラスチック製の表札を指さした。

そこには、アルファベットのシールを貼って、ひとつの名前が記されていた。

RITSUKO MIKI

八．吠《ほ》える

1

日本橋箱崎町にある三杏ボトラーズがいかに混乱をきたしているかは、本社の正門をくぐる前から明らかだった。

前代未聞《ぜんだいみもん》の『富士山殺人事件』の犠牲者が、コマーシャルでもおなじみの有名企業の部長とあって、朝から詰めかけた報道陣の数は、はんぱなものではなかった。

そのピークは、各局の朝のワイドショーがはじまる八時半で、このときは本社正門前からいっせいに生中継が行なわれた。

志垣警部と深川署の山下警部補がつれだって訪れたときは、とりあえずマスコミの取材も小休止といった状況だったが、しかし、このあと午後の二時から三時にかけて午後のワイドショーがはじまるころに、再度、報道陣の盛り上がりが予想された。だから隅田川沿いの道路には、パラボラアンテナを備えたテレビ中継車がずらりと並んだままだった。

身分を告げ、裏口から入った志垣たちは、まずはビルの最上階にある特別応接室に通された。完全な賓客《ひんきゃく》扱いである。

応対に出てきたのは川崎《かわさき》という総務部長で、仕立てのよい三つ揃《ぞろ》いを着た彼は、降ってわいた事態に困惑を隠しきれない様子だった。

「いやはや、いやはや……」

志垣たちにふかふかのソファをすすめ、自分もその向かいに座ってから、総務部長は適当な言葉が見つからない、といったていで『いやはや』を繰り返した。

「なにがなにやら、私どもにはサッパリわけがわからない、というのが実情でございます」

川崎は、志垣たちの来意が富士山殺人事件そのものにあると勘違いしていた。

「殺された今中君はもちろんのこと、同行していた五人も、それはもう我が社を代表するような優秀な社員でございまして、その彼らが殺人事件に巻き込まれるなど……」

「ああ、部長さん、ちょっと待ってください」

片手をあげて、志垣が制した。

「私どもがここにお邪魔したのはですね、富士山殺人事件ではなく、もうひとつの殺人事件に関連して事情をおたずねするためなのです」

「もうひとつの殺人事件ですって」

ただでさえ動転していた総務部長は、まだ別の殺人事件があるといわれて、さらにうろたえた。

「それはどういうことです」

聞き返したときに、特別応接室の内線電話が鳴った。

志垣にどうぞとうながされて受話器を取った川崎は、しばらく相手の話に聞き入っていたが、やがて送話口をふさいで志垣のほうに向き直った。

「あの……今回の件で御殿場署の野坂さんという警部さんがおみえだということなんですが」

それを聞いて、志垣はちょっと苦笑した。

まさかこんな形で、昨日きょうと二日つづけて顔を合わせることになるとは、思ってもみなかったからだ。

「かまいませんよ。こちらにご案内されたらどうですか。そのほうが私も好都合ですから」

志垣は、川崎にそう言った。

一分ほど待ったのちに、御殿場署の野坂警部と松井刑事の二人が、女性秘書の案内で特別応接室にやってきた。

彼らは、きのう会ったばかりの志垣の顔を見てびっくりしていたが、誤解がないように、志垣はすぐさま自分たちは別件でここを訪れているのだ、と説明した。

「ただし、富士山の事件とまったく無関係とは言い切れないんですがね」

そうつけ加えてから、志垣はまずは深川署の山下警部補を彼らに紹介し、そののちに、あらためて総務部長の川崎に向かって切り出した。

「ちょうどよろしいから、野坂警部たちにも聞いてもらいましょう。じつは、昨日一昨日の富士登山にも同行されていた営業第三部の三木里津子さんに、少々おたずねしたいことがあって、山下ともどもやってまいりました」

志垣は、深川不動のそばにあるマンションで、栗原美紀子というOLが惨殺死体となって発見されたことから切り出し、その犯行時刻とおぼしきころに、右隣りの老人が、吠えるような男の叫び声を聞いていると説明した。

吠えるような叫び声、のくだりで、御殿場署からやってきた二人は表情を変えた。

彼らに向かってうなずきながら、志垣はつぎに、叫び声の持つ意味をきちんと把握していない三杏ボトラーズの総務部長に対して、同じ声が富士登山のさいにも聞かれ、それは殺された今中部長が発したものであると語った。

「これはまったくの偶然なんですが、私もその場におりましてね。自分のこの耳で聞いたんですよ。ウォーッという物凄《ものすご》い声でした」

「……」

川崎は、まだ頭の中が整理できないといった表情で、志垣のつぎの言葉を待った。混乱しているのは、御殿場署からきた二人の捜査官も同じだった。

「それでですね、部長さん」

志垣警部はつづけた。

「今中部長が発したのとまったく同じ叫び声が聞かれた深川のOL殺しの現場なんですが、被害者の左隣りに住んでいるのが、じつはおたくの三木里津子さんだったんですよ」

総務部長だけでなく、野坂警部と松井刑事も「ええっ」と驚きの声を発した。

「こちらにいる山下警部補は、事件が発覚した昨日午後以来、三木さんからも事情を聴こうと、何度か連絡をとってみたのですが、彼女は彼女で富士山殺人事件の渦中に巻き込まれてしまって、すれ違いでなかなか会えない。そこで、きょうこうやって本社までおたずねしたしだいなんですが」

「いやあ……」

志垣の話が終わると、野坂警部が驚きのまじったため息を洩らした。

「なんということですかね、それは。富士山でも深川でも同じ叫び声が聞かれたとは」

「吉田口の頂上がおおよそ標高三七四〇メートル、深川というところは、たしか海抜ゼロメートル地帯といわれていましたよね……」

御殿場署の松井刑事がつぶやいた。

「……そうなると、標高差三七〇〇メートルあまりの殺人が、どこかで結びついてしまうわけですか」

「刑事さん」

総務部長の川崎が、真剣な表情で志垣に詰め寄った。

「するとあれですか、ウチの今中が、深川の事件に関与しているとでも」

「たんに男の叫び声だけでは、私も無理やり二つの事件を結びつけようとは思いません」

志垣は言った。

「ウォーッという叫び声だけで、それが同一人物の口から発せられたものとは断定できない。しかし、よりによって、犯行現場の隣りが三木里津子さんの住まいだというところが、どうも引っ掛かってくるんですよ」

「それは……どういうことなんですよ」

「ですからね、部長さん。『どういうことなんでしょうか』とは、私たちが言いたいセリフなんですよ。その疑問をご本人に直接ぶつけてみようと思って、それで私らはお邪魔したんです」

2

一方和久井刑事は、志垣警部の指示によって栗原美紀子の妹由里に会うため、深川署に近い、ひなびた日本旅館を訪れていた。

下町情緒を残したしもたや風《ふう》の二階建ての宿の前には水が打ってあり、そこから立ちのぼるかげろうが、建物全体を揺らいで見せていた。

ぜいたくに慣れた日本人の旅行者は、こうした下町の小さな宿には見向きもしなくなったのだろう。むしろ泊まり客は外国人のほうが多いようで、竹垣に囲まれた入口のところに、手書きで英語・中国語・ハングルの説明文が掲《かか》げられているのには、和久井も驚かされた。

「暑いな」

和久井はつぶやいて背広を脱ぎ、それを小わきに抱えた。それだけでは足りずに、ワイシャツの袖もまくりあげた。

日が高くなるにつれて風はそよとも吹かなくなり、宿の軒先《のきさき》に吊《つ》るされた風鈴も、ぐったりとその動きを止めている。その光景が、よけいに暑苦しさをそそった。

あらかじめ連絡をしてあったので、和久井の到着と同時に、深川署の婦人警官が彼を迎えに、玄関まで出てきた。

「どうですか」

和久井が由里の様子をたずねると、婦警は、

「いちばん危険な状態は脱して、とりあえず落ち着きをみせてきました」

と答えた。

昨日は興奮状態の極に達していたため、後追い自殺をする危険性が大だった、と彼女はつけ加えた。

栗原由里は、二階のいちばん奥の八畳間で休んでいるというので、和久井は婦警に先導され、ギシギシと音を立てながら急階段を上った。

と、その拍子に足腰に痛みが走った。

「いてて」

「どうしました」

婦警にきかれ、和久井は片手で太ももをさすりながら照れ臭そうに笑った。

「いや、ちょっと……昨日おとといと馴《な》れない登山をしたもので、筋肉がパンパンに張っちゃって」

和久井は、具体的に富士山という名前を出さずに答えた。

「そうですか……じゃ、こちらです」

婦警は表情も変えずにうなずくと、黒光りのする廊下を先に立って歩いた。

それにつづいて和久井が歩くと、どこかでチリンチリンという音がする。なんだろうと思って周囲を見回した彼は、それが、自分のベルトにぶら下げてあった深川不動の『身代わり亀鈴』であることに気がついた。

「身代わりカメちゃん……か」

独《ひと》り言《ごと》をつぶやいて、和久井はポケットからはみ出していたそれを、また元の位置に押し込んだ。


和久井がやってくることは婦警から聞かされていたらしく、栗原由里は、八畳間に敷かれたふとんから出て、脇の和机に向かってきちんと正座をして待っていた。

宿が用意した浴衣《ゆかた》を着た高校生は、ふつうのときならば、いかにも夏にふさわしい初々《ういうい》しくも清々《すがすが》しい姿にみえるところだろうが、いまの彼女は気の毒なほどやつれていた。

部屋に入ると、和久井は脱いだ背広を畳の上に置き、和机をはさんで由里と向かい合った。

「たいへんだったね」

和久井が声をかけると、由里は黙ってこくんとうなずいた。

もはや涙は涸《か》れ果てたといった顔である。

「昨日、警察の人がいろいろな話をきいたと思うけれど、もう少しだけいいかな」

「はい」

正座をした浴衣の膝《ひざ》に両手をそろえ、由里は弱々しいがきちんとした返事をした。

そのちょっとしたしぐさに、和久井は、都会の子にはあまりみられない純朴さを感じた。

「疲れていると思うから、よけいな前置きなしに、質問をするからね」

「はい」

「お姉さんが東京に出てきたのは、七月の初めだったそうだね」

「はい」

「そして、木場《きば》にあるデザインオフィスに勤められたそうだけれど、お姉さんは、あのマンションをどうやって決めたのかな」

「どうやって、とは……」

「つまりね、仕事を先に決めたのか、それとも住まいを先に決めて、そこから勤め先を選んだのか、ということなんだけど」

「それはよくわかりません。でも、東京に出たら、住む場所は二つに一つしかなかったんです」

「二つに一つ？」

「はい。田園調布の近くにある多摩川園というところか、深川か」

「それはまたどうして」

「おじいちゃんが亡くなる何ヵ月か前に、お姉ちゃんに——あ、ごめんなさい——姉に言い残したことがあったんです。富士山の神様が守ってくださる場所を選んで住みなさい、って」

「富士山……」

和久井は、おもわずおうむ返しにつぶやいた。

由里は、富士信仰に熱心だった祖父が、浅間《せんげん》神社のある多摩川園か、あるいは富岡八幡宮のそばを、上京したさいの住まいとして美紀子にすすめていたエピソードを話した。

「ちょっと待ってくれないかな、由里ちゃん」

和久井はさえぎった。

「もしかして、富岡八幡宮というのは富賀岡八幡宮の間違いじゃないのか」

「とみがおか？」

「そうだよ、『とみおか』じゃなくて『とみがおか』——漢字で書くと、年賀の『賀』が一字入るんだけれど」

「でも、姉はおじいちゃんの手紙に『富岡八幡宮』と書いてあったと言っていましたから」

「ほんとうに？　ほんとうに富岡のほうだった？」

「でも……そういえば……おじいちゃんの字は続け字だったから、よく読めなかったとか」

「あのね、富士山に縁のある八幡さまは、富岡八幡宮ではなくて、富賀岡八幡宮のほうなんだよ」

和久井が、おとといの夜、七合目の山小屋で年配の登山者から聞いた請売りの話をすると、さすがに由里は驚いた顔になった。

「その富賀岡八幡宮というのは、どこにあるんですか」

「ここから近いよ。門前仲町から地下鉄の駅で三つ目の南砂町《みなみすなまち》というところで降りてすぐなんだ」

「それでは姉は、富岡八幡宮や深川のお不動さまの近くではなくて、その富賀岡八幡宮のそばに住まいを探すべきだったんですか」

「おじいちゃんのすすめを守るつもりならばね」

「そこに住まいを見つけていたら、こんなことにはならなかったんですか」

「それはわからない」

必死に問い詰めてくる由里のまなざしを受け止めながら、和久井は答えた。

「夜、部屋の鍵を開けたままにしておいたから、悪質な強盗か変質者に入られて殺された、というケースならば、たしかにあそこに住んでいた不運といえるかもしれない。でも、栗原美紀子さんという個人を狙《ねら》っての犯行ならば、富賀岡八幡宮の近くに住んでいようと富賀岡八幡宮の近くに住んでいようと、結果は変わらなかっただろうね」

「……」

「警察の調べでは、お姉さんの部屋には現金や預金通帳などはちゃんと残っていた。これといって部屋の中を荒らされた形跡《けいせき》もないんだよ。だから、物盗《ものと》りではなく、お姉さんに怨《うら》みのあった人間の犯行という見方も強いんだ」

「いいえ」

由里は首を振った。

「いずれにしても、富士山の神様が見守ってくださる場所に住んでいれば、こんなことにはならなかったんです。読み間違えちゃったからいけないんです、おじいちゃんが書き残してくれた手紙を……」

そう主張する由里の気持ちはよくわかったので、和久井はあえて反論はしなかった。

「ところでね、由里ちゃん」

和久井は正座からあぐらに組み替えて質問をつづけた。

「今中さんという男の人の名前を、お姉さんの口から聞いたことがあるかな」

「今中さん？　いいえ」

「三杏ボトラーズの会社の人とつきあいがあるという話は」

「いいえ」

「三木里津子という名前はどうかな」

「それも知りません」

「渡嘉敷純二、糸川紀之、松原萌、霧島慧子——こういったところはどうかな」

「ぜんぜん……私、東京に出てからの姉の友だちのことは、少しも聞かされていないんです」

「では、特定の恋人は」

「姉にはそんな人はいません。富士宮に住んでいたときから、デザインのことばかりが頭にあって、男の人とのおつきあいを考えるようなタイプじゃなかったんです。ただ……」

由里は口ごもった。

「ただ、殺されている姉を見たときに、びっくりしたことがあって」

「何かな」

「髪の毛を染めていたんです」

「……？」

「姉は背中の真ん中あたりまで髪の毛を長く伸ばしていました。その髪の毛は、いつもつやつやと真っ黒に輝いていて、お姉ちゃんの髪の毛ってシャンプーのコマーシャルに出てくるみたいにきれいだね、って、いつも私はほめていたんです。その髪の毛を茶色く染めていたから……最初、私は姉だとは思わなかったくらいでした」

「東京に出て、たった二ヵ月くらいで、お姉さんがそんなふうに髪を染めるとは思わなかった？」

「はい、私たち、おじいちゃんにいつも厳しく言われていましたから」

「というと」

「髪の毛を染めるのは不良がやることだから、美紀子や由里は絶対にそんなことをしちゃいかんよ、というふうに」

「なるほど、そういう意味からすると、お姉さんに対して、これまでにない影響を与えた男性がいる可能性もある、と」

「はい」

　その話を聞きながら、ふと思い当たることがあって、和久井はポケットから『身代わり亀鈴』を取り出した。

　チリリンと鈴が軽やかな音を立てた。

「なんですか、それは」

　婦警がたずねてきたので、和久井はそれをベルトからはずして和机の上に置いた。

「身代わりカメちゃんです」

　勝手に名前を呼びかえて、和久井は金色の地に緑で甲羅《こうら》を描いた亀と鈴のセットを指さした。

「深川不動堂で売っていたお守りなんですけど……こういうことは考えられないかな」

　和久井は由里に向かって言った。

「じつはね、ちょっとした偶然から、あなたのお姉さんの隣りに住んでいる三木里津子という人を、ぼくは見ているんだよ」

和久井は、富士登山の一件をかいつまんで話した。

「すごく使い古された譬《たと》え方をするとね、その彼女は、真っ黒に日焼けしたサーファーギャルっていう感じだった」

自分でそう言いながら、和久井は『サーファーギャル』という表現は、あまりにダサいというものではないか、と思った。

「彼女は、長めの髪の毛を茶色く染めていて、つまりその点で、ひょっとしたらきみのお姉さんと後ろ姿などが……」

「間違えられたんですか！」

和久井が最後まで言い終わらないうちに、由里は叫んだ。

「姉は、隣りに住んでいる女の人と間違えて殺されたんですか」

「……という気がしてきたんだよ」

鈴の付いた亀のお守りを見つめて、和久井は言った。

「報告書によれば、お姉さんの部屋は枕元の豆電球がひとつだけ点《つ》いている状態だったという。昨日の昼すぎ、お姉さんが殺されているのを発見したきみは、動転してそのまま部屋を飛び出した。だから、照明などには触れていない。そうだね」

「……はい」

「犯人がスイッチをさわったかもしれないが、そうでなければ、犯人が侵入した時点で、お姉さんの部屋は豆電球ひとつの明かりしか灯《とも》っていなかったと解釈できる」

「私と、電話でしゃべっていたときですね」

「うん」

「私とはよく長電話になりますから、姉はいつもベッドに入ってから電話をかけてくるんです。ですから、豆電球一つの明かりにして、電話を終えたらすぐに寝られるようにしていたのかもしれません」

「そこに犯人が入ってきたとなると、豆電球だけの明かりでは、ロクに相手の顔も判別できなかった可能性もある……そうは思わないかな」

和久井は、真剣な表情で言った。

「しかも、お姉さんは侵入者に驚いて、すぐにタオルケットを頭からかぶった。つまり犯人は、一瞬の後ろ姿だけを見て襲いかかってきたことになる」

「そんな！」

「殺された状況からみて、お姉さんは反射的にタオルケットにくるまって乱暴されるのを避けようとした、そこを犯人にメッタ刺し……襲われたわけだ」

和久井は、刺激的な表現を避けて言い換えた。

「そして犯人は、お姉さんが動かなくなったのを見て部屋から飛び出す——最初から最後まで、きちんと顔を確認せずにね。そして犯人は、最後まで自分の間違いに気づかなかった。ほんとうなら、右から三番目の部屋に入らなければならないのに、誤って右から二番目の部屋に入ったことを……」

「やっぱり……」

口元を押さえながら、由里はうめくようにつぶやいた。

「やっぱり、おじいちゃんが書いた文章を正しく読んでいれば、死ななくてすんだんじゃないですか。やっぱり、そうなんじゃないですか！」

乾き切っていた由里の瞳に、また涙があふれ出した。

「昨日から泣いてばっかりで、もう涙なんて出ないと思ったのに……」

やっとの思いでそれだけ言うと、由里は顔を覆《おお》って、大声で泣きじゃくりはじめた。

＊　＊　＊

それから二十分後——

汗だくになりながら殺害現場へとって返した和久井刑事は、栗原美紀子の部屋の前で呆然と立ち尽くしていた。

さきほど志垣とここを訪れたときには、深川署の山下警部補が先着していたため、ドアは開け放したままだった。だが、いまは山下警部補は志垣と三杏ボトラーズへ事情聴取に向かったので、ドアは堅く閉ざされている。

だから、初めて和久井は、美紀子の部屋のドアを真正面から見ることができた。

そのドアには、新聞受けとして開閉できる蓋《ふた》の部分に、漢字で小さく『栗原美紀子』と刻印したテープが貼《は》ってあった。

が、それはあくまで郵便物用に事務的に記したものらしく、その上に、いかにもデザイナーらしい洒落《しゃれ》たレタリングで彼女の愛称とみられるアルファベットが陶板に焼き付けられていた。

M－K－I

3

総務部長の指示で特別応接室に呼ばれた三木里津子は、そこに四人の警察官が顔をそろえているのを見て、緊張の色を浮かべた。

志垣とは五合目レストハウスの駐車場トイレで顔を合わせているのだが、あのときの志垣は登山の格好をしていたために、背広姿の彼を目の前にしても同一人物だとは気づいていない。

けれども御殿場署の二人については、もちろん彼女は忘れるはずがなかった。

硬い表情のまま席に着くと、里津子は御殿場署の野坂警部に顔を向けた。昨日と同じように、当然、彼から質問がくるのだと思っている様子である。

だが、最初に口を開いたのは志垣警部のほうだった。

「いやあ、お取り込み中のところを申し訳ありませんな。ただでさえ富士山で起きた殺人事件で大変なのに、さらにまた別件でわずらわせることになりまして……あ、川崎さんはおそれいりますが、席をはずしていただけますか」

志垣警部は、三杏ボトラーズの総務部長を部屋から退出させた。

そして、あらためて里津子に向き直った。

「で、あなたがお住まいのマンションで起きた事件なんですが」

「私の隣りのお部屋で、女の人が殺されたんですってね」

三木里津子は、かすれた声で応じた。

「昨日の夜遅く帰ってきたら、新聞受けに深川署の刑事さんからの伝言が入っていたので、それで初めて知りました」

「隣りの栗原さんとは、面識はあったんですか」

「いいえ。七月の初めごろ越してこられたのは知っていましたが、たまに廊下で顔を合わせたときに挨拶をする程度で」

「そうですか……。しかし、びっくりなさったでしょう」

「ええ。でも、私はごぞんじのように富士山にでかけていましたから、昨日の騒ぎはぜんぜん知らなかったのです。ですから、あまりご参考になるようなお話はできないと思いますけれど」

「いえね、三木さん。私がおたずねしたいのは、栗原美紀子さんの死体が発見された昨日ではなく、金曜日の深夜のことなんです」

「金曜日？」

「はい。もうちょっと詳しく申し上げますと、金曜日の……そうですなあ、十一時あたりから真夜中の零時《れいじ》あたり、このへんの時間帯なんですがね」

「……」

「ああ、意味がおわかりになりませんか」

　里津子の様子をうかがいながら、志垣は言った。

「あなたの隣りに住む栗原美紀子さんが殺されたのは、ごく大ざっぱにいいますと、金曜日の夜十一時半すぎとみられているのです。その時刻に、栗原さんの右隣りに住むお年寄りが、妙な声がするのを聞いていましてね」

「妙な声といいますと」

「それをあなたにもおたずねしたかったんです。その時刻に、奇妙な声とか物音を壁越しに聞きませんでしたか」

「いえ……べつに」

「べつに何も聞こえませんでしたか」

「はい」

「そう断言なさるからには、いちおうそのときに、いることはいらっしゃったんですね」

「……？」

「金曜日の夜中に、あなたは自分のお部屋にいらっしゃったことは確かなんですね」

「疑っていらっしゃるんですか」

日焼けした三木里津子の顔に、赤みが差した。

「刑事さんは、私が隣りの人を殺したと疑ってらっしゃるんですか」

「そうは言ってませんよ」

「言ってるじゃないですか」

里津子はヒステリックに叫んだ。

「きのうはこっちの刑事さんに疑われて……」

里津子は、御殿場署の野坂警部を指した。

「そして、きょうはまた新しい刑事さんに疑われる。富士山の事件も、うちのマンションの事件も、なにもかも私がやったことになるんですか」

「三木さん、私たちはそんなふうには申し上げておりませんよ」

「私は殺していません。だって……ほんとうはその晩、私はいなかったんですから」

「いなかった？」

志垣が聞き返した。

「そうです。その晩は自分の部屋にいなかったんです。ですから、私が隣りの女の人を殺すなんて、できるわけがないんです」

「では、どこにいらっしゃったんです」

志垣の切り返しにあって、里津子はハッと口をつぐんだ。

「金曜日の晩に自宅におられなかったとおっしゃるならば、これは参考までにお伺いしたいんですが、どちらにおられました」

「東京を離れていました」

里津子は、志垣を睨《にら》みつけるように言った。

「ですから、お隣りさんを殺すなんて、そんなのは物理的に不可能です」

「物理的に不可能なほど遠くにいらっしゃったんですか」

「はい」

「具体的にはどこです」

「言えません」

「なぜ」

「言いたくないからです」

「なぜ、おっしゃりたくないのですか」

志垣が突っ込んだ。

「プライベートなことまで話したくありません」

「我々は警察です。べつに、ここで伺った話をどこかで吹聴するわけではありませんよ」

「言いたくありません」

あくまで里津子は突っぱねた。

「とにかく、東京から遠く離れたところにいたんです」

繰り返し答えたとき、横でそのやりとりを聞いていた御殿場署の野坂警部が、意図的に間延びした声で割り込んだ。

「おかしいなあ」

野坂は、頭のうしろをかきながら言った。

「三木さん、あなた昨日ウチの署で事情をおたずねしたとき、こうおっしゃいませんでしたか、有給休暇をとった木曜金曜は東京にいた、と」

里津子は凍りついたようになった。

「なあ、三木さんはそういったよなあ」

野坂は、横にいる松井刑事に、のんびりした口調で確認を求めた。

「ええ、間違いありません。木金と東京にいた——そういうふうに答えられました」

「……だそうですよ、三木さん」

志垣に代わって、野坂警部が追及をはじめた。

「これは不思議ですねえ、三木さん。昨日あなたは、木金は東京にいたと答えていながら、一夜明けると東京にはいなかったとおっしゃる、どうなってるんですかね、これ。どちらが正しいんですか」

「………」

「三木さんねえ、あなた、アリバイというものをごぞんじですか」

御殿場署の野坂がつづけた。

「推理小説のひとつやふたつ読めば、必ず出てきますでしょう、アリバイという言葉が。これ、日本語に訳すと『不在証明』ですわな」

「知っています。それくらい」

栗色に染めた髪を手で梳《す》きながら、三木里津子は怒ったように言った。

「ああ、ごぞんじでしたか、それはよかった」

野坂は、大仰《おおぎょう》なしぐさでうなずいた。

「そのアリバイを、あなたは、いま必死に作ろうとなさっている。志垣警部から犯人扱いされたわけでもないのに、隣人が殺された金曜日深夜のアリバイをね。その結果、口から出まかせの嘘《うそ》をついておられるのではありませんか」

「ウソ？」

「はい。あなたは実際には、その晩、自分の部屋にいたんじゃありませんか。御殿場署でおたずねした際、あなたは『木曜日と金曜日は東京にいた』と私どもにお答えになった。やはりそちらが真実なのではありませんか。しかし、疑われたくないがために、あわてて『東京を遠く離れたところにいた』と志垣警部の問いに答えてしまった。私らがここにいるのもすっかり忘れてね」

「違います」

「どう違うんです」

「昨日の答えのほうが嘘でした。私は東京にはいませんでした。詳しいことを答えるのがめんどうで、それで東京にいた、と適当な答えを言ってしまったんです」

「それでは三木さん、志垣警部と同じ質問を繰り返しますが、あなたは有給休暇をとられた二日間、どこにおられたんですか」

「言いたくありません」

「まいったなあ」

野坂は笑った。

「あなた、アリバイという言葉をごぞんじだとおっしゃったが、しかしやはり正確な意味を取り違えてはおられませんか」

「どうしてですか」

「『犯行時刻にその場にいなかった』というだけでは不在証明にはならないんですよ。『犯行時刻には、まったく離れたこれこれしかじかの場所にいて、その事実は第三者によっても証明されている。ゆえに、自分が犯行現場にいるのは物理的に不可能である』と、ここまでこなくちゃねえ」

「………」

「ご理解いただけましたか。ご理解いただけたならば、さきほどの志垣警部の質問に、きちんと答える必要があることがおわかりですね」

「……ええ」

「では、あらためてお聞きしましょうか。有給休暇をとった二日間、あなたはどこにおられました」

長い沈黙があった。

そして、里津子は答えた。

「日本海にいました」

「日本海？」

志垣と野坂が同時に聞き返した。

「日本海が見えるところに……ずっと」

「場所はどこです」

志垣がきく。

「新潟《にいがた》です」

「新潟のどこです」

「どこかは、わかりません」

「またそれですか」

「だって、記憶がないんですもの」

「記憶がない？」

「はい」

里津子はうなずいた。

うなずいた拍子に、ぽろっと一粒の涙がこぼれ落ちた。

「私……自殺をしようと思っていたんです。それで、死に場所を探して……そのときのことを、どうしても思い出せないんです。どうやって新潟まで行ったのかも」

志垣と野坂は、いぶかしげな視線をたがいに交わした。

「有給休暇をとられたのは、自殺をするためだったんですか」

「はい」

涙声になって、里津子は志垣の質問に答えた。

「すると、富士山には最初から登る気がなかったんですか」

こんどは、野坂警部がきいた。

「そうです。……でも、けっきょく死に切れなくて、それで……」

「仲間たちの富士登山に、予定どおり参加したと」

「はい」

「だけど、自分の行動を覚えていないほど精神的にパニック状態になって自殺場所を求めていた人が、それを思い留《とど》まったからといって、翌日、富士登山に参加する気になるものですかねえ」

これは志垣の疑問である。

「あなたはお気づきでないかもしれませんが、私は偶然あの日、同じ時間帯に富士山を登っていたんですよ」

志垣の言葉に、里津子は目を見開いた。

「そのときのあなたの様子を、私はチラチラと拝見しておりましたが、とても前日まで自殺を考えていた人とは思えなかった」

「演技です」

　里津子は言った。

「元気なふりをしていたんです」

「しかし、野坂警部からうかがったところによりますと、あなたは集合時刻に遅れてきたそうではないですか」

「はい」

「いちおう、理由は腹痛ということになっていたようですが」

「あれも嘘です」

「また嘘ですか」

　野坂がうんざりした声を出したが、里津子はそれを無視して、志垣に向かって言った。

「富士山に行こうか行くまいか、ずっと迷っていたんです。その迷いで二時間半も遅れました」

「ちょっと待ってください」

　志垣が片手を出した。

「そうしますとね、あなた、富士登山の支度はいつしたんです」

「土曜日の朝、自宅に戻ってきて、それで準備を整えたのです」

「なるほど。土曜日の朝には深川のマンションに戻ってこられた、と」

「はい」

「どうやって戻ってこられたんです」

「覚えていません」

その答えに、志垣はため息をついた。

「記憶もなしに、日本海の見えるところから自宅に戻ってこられたんですか」

「はい」

「渡り鳥なみの帰巣《きそう》本能ですな」

「………」

「ひょっとしたら、あなた、その調子で、自殺をしようと思ったことも忘れて富士山に向かわれたんじゃありませんか」

皮肉を利《き》かせたつもりで志垣が言ったが、里津子は真剣な表情で反論した。

「ちがいます。……こうなったらハッキリ言いますけれど、私は、ある人を追及するために、富士山へ行ったのです。私を自殺直前にまで追い込んだ原因を作った人を、思いっきり非難するために。そうでないと、ただ自殺しただけでは、その人が永遠に自責の念にかられることはないと思ったからです」

「その人とは誰です」

「一人ではなく、二人です」

「では、聞き直しましょう。誰と誰です」

「糸川さんと、萌です。同期の松原萌です」

4

「彼女、そんなことを言ったんですか」

三木里津子に代わって特別応接室に呼ばれた糸川は、志垣警部から里津子の発言の概略を聞かされ、苦々《にがにが》しい顔になった。

「まいったな」

「糸川さん、最初にお断りしておきますが」

志垣が、穏やかな口調で言った。

「我々は、道義的なことを云々《うんぬん》する立場にはありません。ですから、どうぞよけいな遠慮をなさらずに、真実を述べていただきたいと思うのです」

「わかってますよ」

神経質そうに何度もメガネに手をやりながら、糸川は答えた。

「それで、何を答えればいいんです」

「三木里津子さんは、あなたに捨てられたショックで、自殺しようとまで思いつめたとおっしゃっています。そしてその原因は、あなたと松原萌さんにある、と言われています。そのへんのいきさつはどうなんでしょうか」

「萌は直接関係ないでしょう」

糸川は、そっけなく言った。

「たしかに、ぼくは萌と寝たことがあります」

「寝たことがねえ……」

顔に似合わず堅物《かたぶつ》の志垣は『寝る』という言葉を安易に吐く若者を決して好きにはなれなかった。

「だけど、それとぼくが里津子とうまくいかなくなったのは、まったく関係ありませんよ」

「では、どうして里津子さんとは別れることになったのです」

「………」

「どうしてですか？　いかなる理由であれ、私どもはそれを非難しませんよ。いま申し上げたように、事実を知りたいのです」

「………」

「糸川さん」

目の前の男が黙っているのを見て、御殿場署の野坂が口をはさんだ。

「あなた、昨日の事情聴取ではハッキリとおっしゃらなかったが、里津子さんが今中部長と不倫をしたから、それに怒って彼女を捨てたんじゃありませんか」

「……」

「ねえ、糸川さん。いまも志垣警部が言われたように、我々には事実が必要なんです。こんなことを言ったら疑われるだろう、などとよけいな気を回さずに、ありのままをおっしゃってください。あなたが、自分は犯人ではないとキッパリ言い切れるのなら、どんな質問に答えても平気なはずでしょう。逆に、煮え切らない態度をとられるほうが、疑惑の目を向けられることになりますよ」

「わかりました」

そうつぶやくと、糸川は、天井を仰《あお》いで長いため息をついた。

「言いますよ、ぜんぶ」

ぶっきらぼうに言って、彼は四人の捜査官に視線を戻した。

「ぼくが里津子を捨てたのは、彼女が今中部長と寝てしまったからです」

「ご自身は松原萌さんと寝たのに、里津子さんの件は許せなかったわけですか」

志垣がボソッと言うと、糸川はこめかみをひくつかせながら怒った。

「道義的なことは云々しないと言ったばかりじゃないですか。そう言ったのなら、約束は守ってくれませんか！」

「こりゃ失礼」

志垣はペコンと頭を下げた。

相手をそうやって怒らせるのは、志垣の作戦である。

「ぼくが萌と寝たのは、里津子がぼくを裏切ったからです。順番が逆なんですよ、刑事さん」

「ほう……順番がね」

「人を裏切った女は、人から裏切られてもしょうがないじゃないですか。それなのに、思いつめて自殺だなんて……あいつ、なに言ってるんだ」

糸川はドンと机を叩いた。

「これはまた、ずいぶんと三木さんに関してお怒りのようですな」

「彼女はね、見た目はハデだけど、性格は生真面目だと、ぼくはずっと思ってきたんですよ。そこが彼女のいいところだ、っていうふうにね。ところが、やっぱり見た目と同じように、やることもハデだったんだ。いや、ハデというよりも非常識ですよ。ぼくとの結婚にイエスと言っておきながら、上司の今中部長と寝るなんて」

「しかし、糸川さん」

志垣がきいた。

「里津子さんが部長と関係を持ってしまったというのは、どうやって知ったのです。なにか、噂でも立ったのですか」

「とんでもない。噂のレベルだったら、ここまで怒りませんよ」

「すると、具体的な証拠があった、と」

「里津子が自分で告白したんですよ」

「なんですと」

「今中部長と関係を持ったことをね」

「それは、どういうニュアンスで伝えられたんですか」

「ある晩、ぼくのマンションにやってきた里津子の様子が変なんですよ。で、どうしたんだとたずねても何もいわない。それで、なんだか中途半端な気分になったんですが、とにかくぼくはベッドで彼女を抱こうとした。そしたら、絶対にダメだというんですよ。これまで彼女のほうから拒否したことなんかなかったのに」

糸川は、わがままさをにじませた口調で語りつづけた。

「それで、とことん問い詰めたら、あいつ、急に泣き出して『ごめんなさい』って言うんだ。『私を許して』って」

「それで、三木さんから、部長との一件を告白されたわけですか」

「そうです」

「なぜ、そんなことになってしまったんです。三木さんは、どんな説明をしておられましたか」

「理屈になりゃしませんよ」

糸川は、吐き捨てるように言った。

「酔った今中部長からレイプ同然に犯されたっていうんです。バカいっちゃいけませんよ。幼い女の子じゃあるまいし、本人に抵抗する意思があれば、とことん逆《さか》らえたはずじゃないですか」

「……」

志垣は黙った。

どうも、予想しなかった構図が浮かび上がってきたからである。

その沈黙を勘違いした糸川は、挑むような口調で言った。

「なにか文句がありますか、刑事さん」

「いや、そのままお話をつづけてください」

「つづける、って、何をつづけるんです」

「その晩は、それからどういう展開になったんですか」

「怒りましたよ、怒り狂いましたよ」

そのときのことを思い出したのか、糸川の頬がみるみる紅潮してきた。

「里津子は泣きながら許して許してと繰り返すんですけど、ぼくは言いました、許してじゃねえだろ、って。そうでしょ、刑事さん。ああ、よしよし、それはつらかっただろうね、って抱き寄せて頭でも撫《な》でろっていうんですか。バカヤローですよ、ほんとに」

一気にまくし立てると、少し間を置いてから、糸川は言った。

「そのゴタゴタがあって、しばらくしてですよ、萌と寝たのは。そのときのあいつは、ぼくと里津子のトラブルをまだ知らなかったから、ぼくが誘ったときにはずいぶん驚いた様子でした。でも、すぐにその驚きが、歓《よろこ》びに変わっちゃうんですよね。いいかげんなもんですよ、女って」

「そうしますとねえ、糸川さん」

志垣は、ゆっくりとしたテンポで言った。

「あなたはいま、里津子さんに対して烈火のごとく怒られたと話されましたが、同じように、今中部長に対しても、これはもう怒り心頭でいらっしゃるんでしょうなあ」

「なんだかんだと能書きを垂《た》れても、結局はそうやって、ぼくを事件に結びつけたいんですね」

糸川は、軽蔑《けいべつ》の目つきを捜査陣に向けた。

「でも、いっときますけど、ぼくは今中部長にはそこまでの憎しみは持てないんです」

「なぜです、それは」

「里津子に幻滅したら、なんだかその不倫相手を怒る気になれなくなったんですよ」

「だけど、糸川さん。お話を聞いた限りでは、今中部長と里津子さんの出来事は、不倫というよりも、これは強姦《ごうかん》といったほうがよくありませんか」

「それはあくまで里津子の言い分でしょ」

「するとあなたは、上司の今中さんに事の真偽を確かめたんですね」

「できますか、そんなこと」

鼻でせせら笑うような返事だった。

「なぜ、できないんです」

身を乗り出すようにして、志垣がきいた。

「婚約者同然の里津子さんから、重大な告白をされながら、一方の当事者である今中氏をなぜ問い詰められなかったんです」

「理由は二つあります」

糸川は、そっぽを向きながら答えた。

「一つは、男としてみっともない真似《まね》はできなかったからです」

「なにがみっともないんです」

「寝取られた男が、寝取った男のところへノコノコと行って、ほんとうの事情はどうなんでございましょうか、とききますか」

「……」

「それにね、事情がどうであれ、里津子がぼくを裏切った事実は元に戻らないんですよ」

「無理やり犯されたのが事実なら、それは裏切りにはならないでしょう」

「なりますよ」

かぶせるようにして、糸川は言い返した。

「ぼくだってこうみえても心の広い男ですからね、二人きりで結婚の約束をしたときには、里津子の過去なんて問いませんでしたよ。でも、ぼくとつきあいはじめてから男と寝たというのは、事の如何《いかん》を問わず許しません。そして、傷モノになった里津子には、べつに未練はないんです。これが、部長に対して憤《いきどお》りをおぼえないもう一つの理由です」

「傷モノ……ですか」

「ええ、傷モノです」

あまりな言い方に、志垣のみならず、その場にいた四人の捜査官は、全員ポカンと口を開けたまま、言葉を失っていた。

そうした反応にかまわず、志垣たちに向き直ると、糸川はつづけた。

「それに婚約者といったって、正式な婚約を交わしていたわけでもないんです。だから、そこでぼくが里津子を捨てたからといって、何を咎《とが》められるんです。そうでしょ。このいきさつは、ぼくはお母さんにも話しました。ありのままにね。そしたら、お母さんはこう言いましたよ。紀之の判断は正しいわよ、ってね」

5

「何が、こうみえても心の広い男ですからね、だ。くそったれ」

三杏ボトラーズの本社から深川署に戻ってきた志垣警部は、頭から湯気《ゆげ》を出しそうな勢いで怒っていた。

「おれの娘は、絶対ああいうタイプの男には嫁にやらんからな」

「警部のお嬢さんて、いくつなんです」

署で待ち受けていた和久井がきいた。

「十二歳だ」

「それじゃ早いでしょ、結婚問題を考えるのは」

「いや、いまから父親の方針をはっきりさせておかないといかん。とにかく、糸川みたいな最低男は許せん」

「それにしても、実際のところ呆《あき》れましたね」

志垣たちといっしょに深川署を訪れた野坂警部も、首を左右に振りながら言った。

「あれだったら、自殺を真剣に悩んだ三木里津子が報《むく》われませんよ」

「しかし、彼女のほうだって、自殺云々がほんとうかどうか怪しいぞ」

志垣は言った。

「記憶もなしに、東京から新潟を往復されてはたまらんからな」

「それはそうですね」

「ともかく、そこの会議室を借りて、話の整理をしようじゃないか」

志垣のその言葉にしたがって、御殿場署の野坂、松井、深川署の山下、そして和久井が会議室に移動した。

各自が席に着いたところで、まず、口火を切ったのは和久井だった。

栗原美紀子が、長い髪を茶色に染めていたこと。殺害当時、部屋には豆電球しか点いていなかったこと。被害者が、顔を隠すようにしてタオルケットにくるまったまま刺し殺されていること。そして表のドアに掲げられたプレートには、三木里津子の苗字と同じ表記となる、美紀子の愛称『ＭＩＫＩ』が書かれていたこと——これらの点を総合して、和久井刑事は、栗原美紀子が隣室の三木里津子と間違って殺された可能性が大である、という結論を導き出した。

「表のドアにそんな表示がしてあったんじゃあ、これは迷うかもしれんなあ」

志垣が言った。

「そうやって考えていくと、栗原美紀子は、運が悪いとしかいいようがないんですよ」

和久井は同情するように眉をひそめた。

「富士信仰に熱心だった祖父の書き残したメモには、おそらく『富賀岡八幡宮』という名前が書いてあったはずなのに、それを『富岡八幡宮』と読み違えたことから、不運の歯車が回りはじめたんです」

「三木と美紀子の類似《るいじ》というのも、こりゃあ不運だわなあ」

志垣がつぶやいた。

「ときとして、世の中にはこうした確率を越えた偶然というやつが存在するものだが……それにしても、悪いほうの偶然では、悔やんでも悔やみ切れないだろうな」

「しかし、ちょっと疑問があるのですが」

口を挟んだのは、深川署の山下警部補だった。

「犯人としてみれば、たまたま間違えた部屋の栗原美紀子が、東京の生活に不慣れで戸締りに無頓着《むとんちゃく》だったからそのまま入れましたが、おそらくそんなふうにすんなりいくとは最初から思っていなかったでしょう」

「そりゃそうだ」

志垣がうなずいた。

「三木里津子を狙っていたとしたら、当然、部屋の鍵は掛かっていると考える。そこで、中に入るために、まずチャイムを鳴らした。顔見知りだとわかれば、夜更けでも三木里津子はドアを開けるだろう。そして、彼女に中に招き入れられたところで一転して凶行に及ぶ、という段取りだったにちがいない」

「でも警部、お言葉を返すようですが、これから殺そうとする女のところに乗り込むときに、栗原美紀子に対して実際にやったように、何度もチャイムを連打し、相手が出るのを待たずにドアを開けようとするでしょうか。ハデにやれば周囲の注意を引くおそれもありますよ」

「犯人が酔っていたらどうだ」

志垣はズバッと言った。

「栗原美紀子の遺体の悲惨なメッタ刺し状態を見ると、犯行当時、犯人は理性のブレーキが完全にはずれてしまっていたのがわかる。その理由は、強烈な憎悪だけではなく、アルコールもしくは薬のせいであるとも想像はできないだろうか。酔っていたら、チャイムを何度も鳴らし、いきなりドアを開けようとする行動に出てもおかしくはない」

「そうなると、事件は計画殺人ではなく、衝動殺人の要素も強くなりますね」

「計画殺人だったら、いくら表札が似ていても人違いはしないよ。もっともっと慎重に段取りを組むはずじゃないか。私は、だんだんそんなふうに思えてきたんだがね」

「………」

志垣に言われて、山下警部補は考え込むように黙った。

「これはこじつけになるかもしれんが、事件は金曜日の夜に起こっている」

志垣はつづけた。

「金曜日とは、サラリーマンがもっとも心おきなく酩酊《めいてい》できる日ではないかね。いや、サラリーマンに限らず、ＯＬもそうだが……。ともかく犯人はあの晩、酒を飲むうちに発作的に三木里津子を殺したくなった。そしてどこかで刃物を手に入れ、それを持ってあのマンションに駆けつけたのだ。

そこでもし、ドアがロックされていれば、犯人は間違いに気づいただろうし、そこで冷静さを取り戻す機会もあったと思う。だが、すんなりとドアが開いてしまったのが悲劇の発端《ほったん》だった」

「すると警部は」

こんどは和久井がきいた。

「栗原美紀子を殺したのは、今中篤史だと……」

「ああ、そう思っておるのだよ」

志垣は、はっきりとうなずいた。

6

「ポイントは、栗原美紀子の部屋で聞こえたとされる、吠えるような叫び声だ」

四人の捜査官の前で志垣はつづけた。

「隣りの老人からしっかり話を聞かないといけないが、それを、富士山の駐車場で叫んだのと同じ今中の声だと仮定すると、いろいろな状況がうまく説明できるのだ。深川の事件も富士山の事件もね」

御殿場署の野坂は、じっと志垣を見つめていた。

「これは野坂警部から伺ったことだが、三杏ボトラーズ社員の渡嘉敷純二によれば、部長の今中は酒癖が悪く、いわゆる『荒れる酒』だという。そして、そのときに大声を発する癖もあるという——そうでしたな、野坂さん」

志垣が確認すると、野坂警部は、そのとおりというふうにうなずいた。

「では、私の想像による事件の展開を聞いていただきたい」

志垣は、立ち上がって話しはじめた。

「八月二十七日、金曜日の夜、かなりアルコールが入った状態の今中篤史は、三木里津子の部屋だと思い込んで、その隣りの栗原美紀子の住まいに押し入った。そして怯《おび》えてタオルケットにくるまる美紀子を、里津子だと錯覚《さっかく》したままタオルケットごとメッタ刺しにした。そのときに、酩酊状態だった彼は、興奮も手伝ってウォーッという奇声をあげた」

「今中が里津子を殺そうとした動機はなんだと思われます」

野坂警部がきいた。

「当然、男と女の関係にまつわるものでしょう。糸川と婚約関係にあった里津子を強引に手ごめに——いや、古い言い方で恐縮ですが——手ごめにした。それにからんだドロドロの愛憎劇があったんでしょうな。ひょっとしたら、里津子から告訴すると脅されていたかもしれない。とにかく、可愛さあまって憎さ百倍、というやつで、三木里津子を殺そうとした」

「なるほど」

「さて、二十七日深夜、三木里津子を完全に殺したと思い込んだ今中は、翌二十八日、渡嘉敷・糸川・霧島・松原といった男女四人の若手社員とともに、富士スバルラインのレストハウスへ向かいます。本来ならば、別行動をとっている三木里津子とは、そこで午後四時に集合ということになっている。ところがいつまで経っても彼女がこない。若手社員たちは、いったいどうなっているのかと気を揉《も》んだでしょうが、今中だけはそうではない。彼としてみれば、最初から里津子はくるはずがないとわかっているわけです」

和久井たちは、シンとして志垣警部の言葉に聞き入っていた。

「やがて、待ちあぐねた仲間から、もう里津子はこないのではないか、という声が出た。そして、渡嘉敷を残して他のメンバーは登山を開始しようというところまできた」

志垣は、御殿場署での事情聴取内容をもとに、その場の様子をどんどん再現していった。

「しかし、ここで今中のツルの一声が出た。みんなで登らなければ意味がないから、まだ三木君を待つべきだ、という指示です。上司の意見ですから、さすがに四人はこれに従わざるをえない。そこで、二時間を越し二時間半にならんとする大遅刻であるにもかかわらず、一同は三木里津子の到着を待った。では、ここでなにゆえに今中は、こないとわかっている里津子を待つと言ったのか」

フーッと吐息をついてから、志垣はおもに野坂警部に向かってつづけた。

「理由は二つあると思います。一つは、体力的にもしんどい富士登山などは気が向かなかった。だから、里津子がこないことを理由に、計画そのものをその場で中止しようと考えていたのではないか。

だが、それよりも彼の心理面に目を向ければ、もう少し違った理由が考えられます。まさか……まさかとは思うが、里津子が死んでいないということはないだろうな、というおそれが、そのときの今中にあったことは否定できないはずです。

彼は、タオルケットにくるまった状態でメッタ刺しにした『里津子』が、完全にこと切れたのを犯行後しっかりと確認したわけではなかったでしょう。したがって、ひょっとしたら重態のまま誰かに発見され、病院に連れ込まれていないともかぎらない、という考えが湧いてきても不思議ではありません。そこで彼は、『結果』が気になった。しきりにどこかへ電話をかけていたというのは、里津子の部屋かもしれないし、何か変わった出来事はないかと、土曜日で休みの会社の守衛室などに確認をとっていたかもしれません」

咳払《せきばら》いをして、志垣はつづけた。

「いずれにせよ、今中の不安は相当なものではなかったかと思うのです。だから、情報が思うように入らない山頂にいるよりは、とにかくテレビや新聞のある下界にいたかった。かといって、自分だけが仮病をつかってリタイアするのも怪しまれる。そこで、里津子がこないから登山は中止、という宣言をしたかったのです。それには、みんなに里津子は絶対にこないのだとあきらめさせるくらいの時間は待っている必要があった。ところが……三木里津子はきてしまったのです」

途中から腕組みをし、目を閉じて話を聞いていた野坂警部が、うーむと唸《うな》り声をあげた。

「彼女が二時間半遅れでレストハウスに着いたとき、今中は公衆電話にかじりついていた。だから、彼は里津子の到着を知りません。一方里津子は、みんなに遅刻の詫《わ》びを言って、女性三人は出発前のトイレに向かう。そして男性陣の渡嘉敷と糸川も、今中が電話中だったので、二人で先にトイレへ行く。そして今中は電話を終えてみるとみんなの姿がないので、これはトイレなのかと思って、自分もそこへ向かいました」

「そういえば志垣さん」

野坂が言った。

「渡嘉敷は、そのときの模様をこんなふうに話していました。糸川と自分が先に駐車場のトイレに行き、部長がいちばん最後からきたが、自分たちは個室の中でアンダーシャツを着込んでいたりしたので、後からきた部長がいちばん最初に用をすませて外に出た、と」

「もちろん、そのとき男たちの間で、里津子の遅刻が話題に上らなかったのか、という疑問はあります」

志垣は言った。

「これは渡嘉敷たちに確認すればはっきりしますが、彼らは、今中部長も里津子がやってきたのを知ったからこそ、出発の準備のためにトイレにきたのだ、と思い込んでいたのではないでしょうか。だから、トイレでいっしょになったときには、あえて里津子の遅刻について話題に出さなかった」

「かもしれませんね」

「ところが、実際には今中は何も知らなかった。そして、用を足《た》して外へ出たとたん、三木里津子とバッタリ顔を合わせてしまったのです」

志垣の言葉に力がこもった。

「そのときの今中の驚きようは、想像するにあまりあります。自分の手で何度も何度も、タオルケットが真っ赤に染まるまで、徹底的に全身を刺し貫《つらぬ》いたはずの三木里津子が目の前に立っている。しかも、傷一つない身体で……。

これはもう、まさか、とか、信じられない、といったレベルを通り越して、恐怖そのものだったはずです。完全に幽霊が現れたと思ったでしょう。だから、パニック状態に陥《おちい》った今中は、ウォーッという獣の咆哮《ほうこう》に似た叫びを発してしまったのです」

「そういうことだったのか……うーん、そう考えれば辻褄《つじつま》が合ってきますね」

野坂が、感心したように何度も頭を上下させた。

「今中は、しばらくの間は気が動転して、まともな思考能力を失っていたでしょう。しかし、社員たちの手前、懸命に平静を装って、彼は登山のスタートを切りました」

志垣は、話を先にすすめた。

「さすがの今中も、最初のパニック状態をすぎると、いっしょに山道を歩いている三木里津子が、亡霊でも怨霊でもなく、たんなる生身の人間であることがはっきりわかってきたはずです。となると、ゆうべ酩酊状態で殺したのはいったい誰だったのか、という新たな疑問が湧いてきます。……やがて彼は、これしかないという結論に達したことでしょう。つまり、別人間を間違えて殺してしまったのだ、と」

そこで志垣は話を止めた。

しばらくの間は、野坂も松井も和久井も山下も、志垣が組み立てた推理の中身を反芻《はんすう》していた。

「いやあ……」

野坂が、最初に沈黙を破った。

「おそれいりました。志垣さんのお話で、深川のマンションの殺人と、富士山における叫び声の謎が、ぴたりと一つの枠にはまりました」

「ですが、野坂警部、まだ富士山頂での殺人そのものは、何の解決もしていません」

「おっしゃるとおり」

志垣の言葉に、野坂は大きくうなずいた。

「これまでのウチの署で事情聴取した結果を総合しますと、三杏ボトラーズの五人の若手社員の中で、今中に殺意を持ち得る人間は、糸川紀之か三木里津子のどちらかしかない、という雰囲気ですが、しかし、これといった決め手がない。

なによりも、犯人が糸川紀之だろうと三木里津子だろうと、なぜ富士山頂を殺人場所に選ばねばならなかったのか——その必然性がまったく謎のままです」

「それだけでなく、野坂さん、里津子のなんともあいまいなアリバイ問題が残っていますよ」

「そうでしたね」

志垣の指摘に、野坂はまた深々と腕組みをした。

「嘘かまことか判別できない自殺未遂話や記憶喪失話を持ち出してでも、とにかく里津子は木曜日と金曜日の居所を明確にしようとしない。この二日間の行動が、どうも事件の根幹に関わってくるような気がしてなりませんね」

野坂が言うと、つぎに和久井が口を開いた。

「里津子は、栗原美紀子が自分の身代わりとして殺されたのだという認識はあるんでしょうか」

「ないだろうね」

　志垣が断定的に言った。

「少なくとも、富士登山を終えるまでは、そういった認識はなかっただろう。そうでなければ、自分を殺そうとした今中に、冷静に接することはできないよ。おそらくいまだって、里津子は、隣人の死と自分を結びつけることはできないはずだ」

「つまり警部は、万が一にも美紀子殺しに隣人の里津子が関与していた可能性はない、と」

「もしも彼女が栗原美紀子を殺した主犯、もしくは共犯だったとしたら、アリバイについてもうちょっと違うごまかし方をすると思うんだなあ」

「というと？」

「だってそうじゃないか、和久井。まず最初に彼女は、御殿場署で野坂警部から有給休暇の二日間はどこにいたかと問われ、東京を離れなかった、と答えている。もしも、彼女が金曜日の夜に美紀子を殺した犯人だったら、わざわざ自分からアリバイを否定するような発言はしまい」

「そうですね」

「ところが、こんど深川における隣人の殺人事件について、木金の居場所を問われると、誰が聞いても嘘としか思えない記憶喪失話を持ち出して、日本海の見える場所をさまよいながら自殺を考えていた、などと言い出す。そして、両者の矛盾《むじゅん》を野坂警部に衝《つ》かれると、結局は、東京にいたというのが嘘でした、と言う」

「ワケがわかりませんねえ」

和久井が首をひねった。

「でも、なんとなく彼女の答え方に、一つの真実が隠されている気がしないか」

志垣が言った。

「いいか、和久井。『あなたは金曜日の夜にどこにいましたか』という問いかけは、殺人事件のアリバイ調査だ」

「ええ」

「殺人事件に関する疑いがかけられた、という状況では、彼女がまったくの無罪でも、心理的に嘘をつきたくなるケースがないとはいえない」

「たとえば？」

「里津子は、隣人と個人的な交際はなかったと言っているが、じつは隣りとなにか深刻な揉《も》め事《ごと》があったとしようか。そして金曜日の夜、里津子は、殺人現場の隣りである自分の部屋にいたとしよう。つまり、犯行動機はあるわ、アリバイはないわ、という状況だな」

「無実だけれども、いろいろ探られると疑われる要素がじゅうぶんにある。だから、つい嘘のアリバイを申し立ててしまった、というケースですね」

「うん。このように、犯人でもないのに、冤罪《えんざい》を恐れるあまり却《かえ》って不自然な嘘をつく、という心理的なゆらぎは、犯罪の周辺でときおり見られることだ。だから、深川の事件について、里津子が不明朗な答えをしたとしても、あるていど理解はできる。だが、深川での事件発生を知る前に、御殿場署で野坂さんから、木曜日と金曜日の居場所を問われたとき、彼女は『東京を離れなかった』と答えている。そして、その答えは嘘だったと後で訂正している。ポイントはここだよ」

志垣は力説した。

「野坂さんは、三木里津子が富士登山直前に二日間の有給休暇を申請しているのを知り、ふと不審に思って、その間の居場所を質問した。しかしそれは、決して富士山殺人事件そのもののアリバイ調査ではなかった。当日の集合に遅れたことに関わる質問でしかなかった。にもかかわらず、里津子は嘘をついた。この心の揺れ動きに、なんとなく真実が隠されている気がするのだ」

「なんとなく……ねえ」

和久井がつぶやいた。

「そうすると、富士山頂での殺人事件の犯人も、なんとなく三木里津子が怪しいってことになってくるんですか」

「わからん」

志垣警部は、くやしそうに自分の首の後ろをパンと叩いた。

「真実は、すぐそこまで近づいてきてくれているはずなのに、それがおれには見えてこないんだよなあ」

「だけど彼女には無理ですよ」

和久井は言った。

「肉体的能力からいって、殺害の実行は不可能に近いと思います。現場は富士山頂ですよ、警部。ぼくらだって息が上がっちゃうような空気の薄い高山です。日本一酸素の少ない場所なんです。そこで体力の劣る女性が男を絞め殺したりできると思いますか？　富士山頂の殺人なんて、屈強な男だって考えませんよ」

九．愛情

1

月曜日がすぎ、火曜日がすぎ、そして水曜日になって、暦《こよみ》は八月から九月に変わった。

その後の捜査で、今中篤史の金曜日深夜の行動は、かなりの部分で明らかになってきた。

彼は金曜午後七時に退社後、日本橋箱崎町の三杏ボトラーズ本社近くにある小料理屋で、同僚とともに飲食。相当量の日本酒を飲んだ後、午後十時にその仲間と別れている。

そして、かなりの酩酊状態で浦安《うらやす》にある自宅に戻ってきたのが午前一時四十五分。

帰宅はタクシーだったと家人が話していることから、今中の私物を調べたところ、そのときの領収書が出てきてタクシーを割り出すことができた。

そのタクシー運転手は、土曜日の午前一時ごろ、門前仲町あたりからおよそ一キロ東へ行った永代通りの歩道をフラフラあるいていた今中に呼び止められた。

運転手は指示されたとおりに浦安へ向かったが、酔っ払っているため、今中の指示が二転三転し、途中で言い争いにまでなったあげくに、ようやく自宅の前で降ろした。通常だと道のりにして十キロ少々の場所だったが、行く先指示がはっきりしないため時間も距離もかかり、それが料金にはね返って、そのことでまた揉《も》めた、と運転手は語った。

殺人の後でもタクシーに乗ると領収書をもらうというサラリーマンの悲しい習性が、今中の容疑を側面から固める形になったのである。

そして今中家の家宅捜索では、犯行に使われた凶器こそ出てこなかったが、当日夜に着ていた今中のワイシャツの袖口から栗原美紀子の血液が検出され、これが決定的な決め手になった。

おそらく今中は、富士登山から戻ってきた段階でさまざまな証拠品をきちんと処分するつもりだったのだろうが、犯行の翌々日に自らが殺されるという皮肉な展開のため、こうした物的証拠が残されることになった。

富士山殺人事件の被害者として悲嘆に暮れていた未亡人ら遺族には、おもわぬショックの追い討ちだったが、深川における栗原美紀子殺しについては、今中篤史の手による人違い殺人であることが、ほぼ間違いない状況になった。

それは、すなわち今中の三木里津子に対する殺意が立証されたことでもあった。

それとは別に、一つの悲しい事実が明らかになった。

間違えて殺された栗原美紀子は、東京の勤め先で生まれて初めての恋をしていた。

彼女の相手は、やはり地方から上京し、同じデザインオフィスで下働きのアシスタントとして勤めている年下の男性だった。そしてこの男が、美紀子にイメージチェンジとして髪の毛を茶色く染めるよう強くすすめていたのである……。

こうして、深川の殺人事件については全貌が見えてきたが、その最有力容疑者が被害者となった富士山殺人事件のほうは、なかなかてこずっていた。

糸川―里津子―今中という三人の関係に、松原萌も加える形で、今中に対する殺意の動機を持ち得た者の検討が行なわれたのだが、そこへ新たな情報も寄せられた。

これは三杏ボトラーズ内部からの密告で、会社一の美人である霧島慧子が、やはり酔った今中に襲われた事実がある、という内容のものだった。

慧子は、酒の席で今中にキスをされたことは認めていたが、情報は、それ以上の出来事が後日あったというのである。

最終的にこのレイプは未遂に終わったが、慧子はかなり精神的に傷つき、その婚約者である渡嘉敷も烈火のごとく怒った。ただし、渡嘉敷も慧子も大人なので、最終的な実害がなかった以上、この件は表沙汰《おもてざた》にせず、早く結婚をして慧子を退社させ、今中から引き離すことだけを考えていたという。

その情報提供者によれば、渡嘉敷たちは、結婚式に直属の上司を呼ばないことで、自分たちの怒りをアピールする予定でもあったらしい。

こうなってくると、御来光前後のアリバイを唯一証言しあった渡嘉敷と慧子のコンビも、容疑線上から消せない状態になってきた。

一方で三木里津子は、五合目のトイレでの今中部長の叫び声が、まさか自分を見たために発せられたとは思ってもみなかった、と驚き、自分が部長から殺されそうな運命にあったことに、相当な衝撃を受けていた様子だった。

しかし、依然として彼女は木曜日と金曜日の二日間で何をしていたか、そしてどこにいたのかについては、例の自殺未遂話を繰り返し持ち出すばかりだった。

事件から五日経った九月三日——

九二五ヘクトパスカルという戦後最大級の台風が九州南部に接近しつつあったこの日、東京は、まさに嵐の前の静けさといった曇天《どんてん》に包まれていた。

「犯人が誰かということは別にして、富士山殺人事件でわからんのは、最終的には二つの事柄だ」

警視庁の窓から、黒雲の流れを見つめていた志垣警部は、独り言とも、そばにいる和久井刑事に聞かせるともつかぬ口調でつぶやいた。

「一つは、なぜ富士山頂で殺したか。もう一つは、登山前二日間の三木里津子の行動だ」

「仮に、里津子が犯人だとしても、殺人の準備に二日間もかける必要なんてありませんもんね」

和久井が言うと、

「そりゃそうだよ」

と、うなずきながら、志垣は窓辺から離れて近くの椅子に腰を下ろした。

「現場の状況を聞くかぎり、殺し方はシンプルなものだ。なにか堅いもので今中の喉仏を圧《お》し潰《つぶ》し、苦しむところを紐《ひも》で絞めて絶命させた。喉仏を潰すのにどんな道具を使ったのかは知らないがね。いずれにせよ、複雑な仕掛けがあるわけじゃない。だから、里津子の行動不明の二日間が、犯行の準備に費《つい》やされたとみるのは無理がある」

「かといって、自殺を考えて日本海の見えるところをさまよっていたという彼女の言い分も眉《まゆ》ツバものです」

「だが、その二日間の行動があいまいだからといって里津子には事情聴取以上の対応はとれないよ。なにしろ深川の事件では、犯人が今中であることが事実上確定したし、当の里津子が本来ならば被害者になるはずだったんだから」

「殺される予定の人間が、その夜のアリバイを作るはずもありませんからね」

「うん。ただなあ、和久井……」

机の上を指先で叩きながら、志垣は言った。

「誰が犯人であるにせよ、今中殺しの犯人に関しては、なんだか同情の余地がある動機がそこに横たわっている気がしてならないのだよ」

「ぼくもそう思います。今中って男は、調べれば調べるほど、とんでもない男だということがわかってきましたからね」

「可哀想なのは奥さんと遺《のこ》された子供たちだよ。とくに奥さんは哀れだよな。殺された夫の正体が、セクハラ男で、しかも殺人者だとわかってしまったんだから」

「未亡人もきれいな人でしたよね」

今中の葬儀に参列した和久井が、その情景を思い出しながら言った。

「基本的に、今中という男は面食《めんく》いなんですよね。美人を見たら、なにがなんでも自分のものにしなければ気が済まないところがあったんじゃないですか、彼は」

しゃべりながら、和久井はしだいに腹を立ててきた。

「自分に妻がいようと子供がいようと、そして相手に婚約者がいようと、そんなことはまるでおかまいなしに、会社での立場も悪用して、狙った女性に手を出していく。そして、思うようにならないと腹を立てて殺しにかかる。ひどい男ですよね。彼の狂った欲望のおかげで、罪もない女性が殺され、その妹の純朴な女子高生は悲嘆のどん底に突き落とされた。許せないな。今中自身が死んでしまって起訴できないのが、ほんとにくやしいですよ」

純真でけなげな栗原由里に、強い同情の念を抱いていた和久井は、そう言って唇をかんだ。

「ひどいという点では、糸川も同じだよ。自分の母親のことを人前で『お母さん』と言うのには呆れたが、彼が三木里津子を捨てた論理ときたらどうだ。……まったく彼女も、ロクでもない男に惚《ほ》れたもんだよなあ」

志垣は、また窓の外を見やりながらつぶやいた。

「考えようによっては、今回の二つの悲劇は、すべて糸川という男が引き起こしたもの、ともいえるんじゃないかね。あの男の、里津子に対する愛情さえしっかりしていれば、今中の介入する余地などなかっただろうし、里津子も、今中自身も、それから今中の奥さんや子供、栗原美紀子姉妹——こういったところが、みんな悲劇に巻き込まれずに済んだんだ。もちろん、もっとも憎むべき人物は今中だろうが、しかし、糸川という男も大いに非難されるべきだ。富士山殺人事件の捜査は御殿場署の手に委《ゆだ》ねられているが、もしも糸川が犯人ではなかったにしても、事件が一段落したら、おれは……」

大きな手でバンと机を叩いて、志垣は言った。

「あの若造に、自分の罪の大きさを思い知らせてやるぞ」

富士山殺人事件に巻き込まれた三杏ボトラーズの五人に対しては、さまざまな混乱を避けるため、会社から強制的に一週間の自宅待機が言い渡されていた。

そのさい、三木里津子は、自分が殺されたかもしれない殺人現場の隣室にいつまでもいることはできないとして、この強制休暇中に引っ越しする意思を表明した。

そして彼女はすぐにマンション探しに走り、いままでの住まいとは会社をはさんで反対方向にある中野《なかの》に新しい部屋を見つけた。引っ越しの日は九月四日と、急ピッチで決められ、前日の三日は、最後の荷造り作業に追われることになった。

2

その作業を手伝っていたのは、霧島慧子だった。どうせ自宅待機なら、里津子の引っ越しを手伝っていたほうが気分がまぎれる、ということで、慧子が手伝いを申し出たのだった。


「なんだか天気が悪くなりそうね」

窓越しに空模様を眺めていた慧子が言った。

「大きな台風が近づいてきてるって、さっきお昼のニュースで言ってたけど、明日の引っ越しは大丈夫かしら」

「雨が降ろうが嵐になろうが、予定通りにすすめるわ」

毅然《きぜん》とした口調で、里津子が言った。

「もう一日たりともこの部屋にはいたくない、っていう気分なの」

「それはそうよね……わかるわ」

「ワンルームのおかげで、荷物も自然と少なくしていたから、整理するのがかんたんでよかったわ。まるで、引っ越しのときのことをあらかじめ計算しておいたみたい」

そう言って、里津子は、部屋の片隅に積まれたダンボールの箱を見やった。

わずか数時間のうちに、あらかたの荷物は梱包《こんぽう》し終わり、グレーの敷き込みカーペットの面積が、やけに広くみえた。そのカーペットの片隅に、処分すべき不用品やゴミが段ボール一箱にまとめられていた。

そこには、富士登山のさいに使った金剛杖も斜めにして投げ込まれていた。八角形の白木の棒には、いくつかの焼印が押されている。

「なんで、あんなもの持って帰ってきたのかな。自分でもいやんなっちゃう」

里津子がポツンと言った。

が、すぐに気を取り直したように、明るく笑ってみせた。

「でも、慧子に手伝ってもらって助かったわ。これだけの荷物でも、自分ひとりで片づけようとしたら倍の時間がかかっちゃうものね。ほんとにどうもありがとう。ごめんね、こんな埃《ほこり》まみれの仕事を手伝わせて」

「ううん」

慧子は、鬢《びん》のほつれ毛を耳に引っかけながら、ゆっくりと首を振った。

「少しでも役に立ててよかったわ」

「……あ、そうだ」

里津子は、思い出したように手を打った。

「なにかお昼とらない。よく考えたら、ぜんぜん食べてなかったもんね。ピザなんてどう？」

そう言って、里津子は部屋の真ん中にポツンと置かれた電話機に手を伸ばしたが、慧子が「ちょっと待って」と、それを制した。

「里津子、その電話、まだ通じるの？」

「うん。取り外すのは明日にするつもりだけど……どうして」

「だったら、借りていい？　一本電話をかけたいの」

「いいわよ。渡嘉敷君？」

「そう」

「少しの間でも離れていたら、電話で声を聞きたくなるってわけ？」

里津子はからかうように言った。

が、慧子はその言葉に笑顔を返したものの、妙に翳《かげ》のある表情になっていた。

「どうかした？」

里津子が、慧子の顔をのぞき込んだ。

「なんだか暗いわよ」

「……ねえ、里津子」

慧子は表情をあらためて、カーペットの上に正座した。

「いま、渡嘉敷君に、ここへきてもらってもいいかしら」

「ここへ？」

「うん。車を飛ばしてくれれば、彼の自宅から三十分でこられると思うわ。……勝手なお願いかもしれないけれど、こうやって部屋の中を片づけてしまったから、べつにかまわないでしょう」

「それはいいけど……でも、渡嘉敷君に手伝ってもらうことなんてないわよ」

「話がしたいのよ」

慧子は、伏し目がちになって言った。

「話って？」

「富士山で部長が殺された事件について、ちょっと」

「ちょっと……なんなの」

「彼と里津子に、どうしても話しておきたいことがあるの」

「まさか、犯人がわかった、なんて言い出すんじゃないでしょうね」

「………」

「どうしたのよ、慧子」

里津子は、目を伏せるとなおさら美しさが倍増する慧子の横顔を、じっと見つめた。

「ほんとうに犯人がわかったの？」

「あのね、里津子」

霧島慧子は顔をあげ、真剣な目つきで相手を見つめた。

「詳しい話は渡嘉敷君がきてからさせて」

「他の二人は」

里津子がきいた。

「糸川君と萌は呼ばないの」

「ダメ！」

里津子がびっくりするほど強い調子で、慧子は言った。

「あの二人は絶対にダメよ」

そう言う慧子の目に、いつのまにか涙がにじんでいた。

3

「どういうことなんだい、これは」

三十分後——

里津子の部屋にやってきた渡嘉敷純二は、目を真っ赤にしている恋人の顔と、里津子の顔を交互に見較べながら言った。

「私だって聞きたいくらいよ」

里津子は硬い表情で答えた。

「すべては渡嘉敷君がきてから、の一点張りで何も教えてくれないの」

「どうしたんだよ、いったい」

慧子の傍《かたわ》らにひざまずいた渡嘉敷は、うつむいたままの慧子に声をかけた。

すると、慧子はひとこと「ごめんなさい」と言ったきり、渡嘉敷の肩に顔をうずめ、声を圧《お》し殺して泣き出した。

里津子はあぜんとした表情でその様子を見つめ、渡嘉敷は青ざめた顔で問いただした。

「慧子……ごめんなさいって、それはどういう意味なんだ」

「私はひどい女です」

渡嘉敷にすがりついたまま、途切れとぎれの涙声で、慧子は言った。

「でも、どうしていいかわからなくて……それで、あなたにぜんぶ決めてもらおうと思って……」

その後は、すすり泣きの声にまじって言葉が聞き取れなくなった。

＊　　＊　　＊

直接、富士山殺人事件を担当できないもどかしさに、志垣と和久井はいらついていたが、大都会では、捜査一課の出動を必要とする事件は、次から次へと休みなく起こる。

志垣たちも、富士山のことにいつまでも思いをめぐらせているヒマはない。たったいま、彼らに新宿署管内で起きた殺人事件での出動が要請された。

「おい行くぞ、和久井」

ボーッと考えごとをしている和久井の頭をパカンとはたくと、志垣は背広の袖に順番に腕を突っ込みながら、エレベーターホールへ急いだ。そして、あわててその後を和久井が追う。

すると、ちょうど彼らと入れ違いに、捜査一課長が遅めの昼食から帰ってきた。

その息がやけに荒く弾《はず》んでいるので、不思議に思った志垣がきいた。

「どうしたんです、一課長。食事から戻ってこられたのに、まるで事件発生みたいな息遣《いきづか》いですよ」

「いやあ、エレベーターがそろいもそろって定期点検だそうだ」

一課長は後ろに向かって親指を突き出した。

「段取りが悪いよなあ、一基ずつでもいいから動かすようにしてくれないと……。しょうがないから、下から階段を上ってきたんだが、かなわんな。日ごろ身体を鍛えていないと、これしきのことで息が切れてしまう」

そう言って笑ってから、一課長は志垣の肩をパンと叩いた。

「ま、あんたはいくつになっても人間ブルドーザーだから、頼もしいかぎりだよ」

「あははは」

志垣は、意味もなく笑って頭をかいたが、すぐ後ろからついてきた和久井が、「ちょっと、警部」と言って、頭にのせていた志垣の腕を取った。

「頭かいて、あははと笑ってる場合じゃないでしょう」

「なにがだ」

下唇を突き出して、志垣が和久井をふり返った。

「いまの会話ですよ」

「うん？」

「いまの一課長とのか・い・わ」

「後ろで聞いていて、いきなりバシーッとヒラメいちゃったんですよ、ぼくは」

「それがどうした」

「警部は、ビビビッてきませんでしたか、一課長と話をしていて」

「は？」

「一課長は電気ウナギじゃないぞ」

「バカなこと言わないでください。いま、一課長がエレベーターを使えずに階段を上ってこられたでしょう。ゼーゼー息を切らせながら」

「ありゃもう身体はポンコツだな」

相手の姿が見えなくなったのをいいことに、志垣は勝手なことを言った。

「健康診断で、糖尿の気《け》が出ていると言われているそうだ。それからガンマGTPの値《あたい》もムチャクチャらしいぞ。長いことないかもしれんな、あのオッサンも」

「そんな話じゃなくて」

和久井は、じれったそうにその場で足踏みをした。

「日ごろ身体を鍛えていないと、これしきのことで息が切れてしまう、って一課長が言ったでしょ」

「言ったでしょ、じゃない。おっしゃったでしょ、と言え」

「もう……一課長の悪口を言っておきながら、そこで敬語を指導しないでくださいよ」

「敬語を使いながら人の悪口を言うのが、いちばん高級な手法なんだ。京都人がうまいわな、この手のパターンは」

「いいですか、警部」

和久井は、志垣の前に回り込んで言った。

「いまの一課長の一言で、犯人が見えてきたんです」

「犯人が？」

「そうですよ、富士山殺人事件の犯人が」

＊　＊　＊

御殿場署では、野坂警部が自分の椅子に座ったまま、頭の後ろで両手を組んで、ぼんやりと宙を見つめていた。

「警部、考えごとですか」

背中から松井刑事に声をかけられ、野坂は組んでいた手をほどいて顔だけ部下に向けた。

「いやあ、志垣警部のつぶやいたひとことが、ずーっと気になってね」

「どんな言葉ですか」

「殺人事件のアリバイをたずねられたわけでもないのに、三木里津子は木曜日と金曜日の自分の居場所について嘘をついた……」

「ああ、その件ですか」

「最初、ウチの署で事情を聴いていたときには『東京を離れませんでした』と答え、志垣警部に問いただされると、『東京からずっと離れたところにいました』と答える。けれども、具体的な居場所は答えをはぐらかして言わない」

「たしかに、その件は引っ掛かりますけど、いまとなってはそんなに意味がないんじゃないですか」

「どうしてだ」

「だって」

松井刑事は、野坂の隣りの椅子に腰掛けて言った。

「金曜日のアリバイは、深川の事件に関してのみ意味を持ちますが、すでにその件では、里津子はあわや被害者という立場だったわけですから……。そして、富士山頂での殺人は日曜日の夜明けに起こっていますから、これまた金曜日のアリバイなんて関係ありません」

「………」

「そうでしょう」

「………」

「それに、三木里津子を犯人扱いするのは現実的ではありません。あれだけ空気の薄い場所だと、男ですらふだんの体力の半分も出せません。その場で酸素ボトルを吸っても急な効果は望めない。まして女の彼女が今中の首を絞めて殺すなんて……。警部、聞いてます？」

野坂警部が返事をしないので、松井刑事はいぶかしげな表情でたずねた。

「ねえ、警部」

「松井……」

ようやく野坂が口を開いた。

「日曜日の夜明けに富士山頂で発生した殺人について関係者の行動を調べるとき、ふつうは、日曜日の夜明けのアリバイが問題となるよな」

「なんですか……あたりまえのことを言わないでくださいよ」

「しかし、そのあたりまえのことが成立しない場合があったらどうだ」

「え？」

「つまり、日曜日の夜明けに富士山頂で発生した殺人について、木曜日や金曜日のアリバイが問題となるケースは、ほんとうにありえないのか」

「ありえませんよ」

松井は、半分笑いながら答えた。

「死後何日も経っている死体についてならともかく、今中篤史が殺されたのは、日曜日の午前四時五十五分から午前五時十二、三分頃の間と限定されているんです。犯行推定時刻の幅は、わずか二十分たらずですよ。そして、べつに富士山頂に特殊な仕掛けがこしらえてあったわけでもないし、殺害手段が毒殺というのでもない。それなのに、なんでまた二日前や三日前のアリバイが問題になってくるんですか」

「松井、もう一度、あのシーンを思い出してみてくれないか」

野坂は、真剣な顔で言った。

「ここで、三木里津子を取り調べたときの場面を」

「いいですよ。あのときの様子は、しっかり頭に刻み込まれていますから」

「あの日、三杏ボトラーズの社員五人のうち、渡嘉敷、三木、松原、糸川の順で取り調べ、霧島慧子に移る前に、もういちど三木里津子に補足してたずねようということになった」

「ええ、彼女が当日二時間半遅れとなったいきさつについてね」

「そのときおれは、三つの質問をした。第一の質問は、なぜ二時間半も遅れたのか、ということ」

「それは、腹痛のせいだと言っていましたね」

「もっとも、その理由は、後になって自殺未遂話に置き換えられるんだが……まあいい。で、二つ目の質問は、二時間半も遅れたのに、なぜ富士山へ行くのをやめようとは思わなかったか、だった」

「みんなが自分をずっと待ってくれていたら申し訳ないから、という内容が、彼女の返事でした」

「そして三番目にたずねたのが、有給休暇の二日間はどこにいたのか、という質問だった。これに対して三木里津子は、ちょっとためらったのちに、木曜日も金曜日も東京にいました、と答えた」

「はい、たしかにそうです」

「そして、その答えは結果的に嘘だったと本人も認めている」

「ええ」

「松井……あのときの里津子の心理を深読みすると、こうなるんじゃないだろうか。我々の最初の二つの質問が富士登山がらみのことに集中していただけに、彼女は、三つ目の質問も富士山の事件と関連づけて考えた。また実際に、彼女には、木曜日と金曜日の二日間、『ある場所』にいた事実がバレては絶対にまずいという事情があった。

そこで里津子は、『ある場所』以外ならどこでもいいから、適当な居場所を考えて答えることにした。そこで、自分は東京の自宅にいた、と嘘をついたのではないか」

野坂警部は、自分自身を納得させるように訥々《とつとつ》と語った。

「ところが、御殿場署での聴取を終わって東京の自宅に戻ってみると、こんどはマンション隣室における殺人事件に巻き込まれていることを知った。だが、現実に東京にいなかったものをいたとも言えないし、よけいな疑惑をかけられるのもまずい。そこでやむをえず里津子は、糸川の変心にショックを受け、自殺を考えて日本海の見える場所をさまよっていた、という新たなる嘘をつくことになった……」

「そうまでして、隠しておきたかった『ある場所』って、どこなんです。二日間、三木里津子がいた場所というのは」

「教えてやろうか」

「ええ」

「富士山頂だよ」

野坂は言った。

4

自宅待機を命じられた松原萌は、ドレッサーの前に座り、鏡に映った自分を見つめながら、心の中で独《ひと》り言《ごと》をつぶやいていた。

(嘘をつくって、面白い)

萌は、うふっと笑った。

(前髪のカットのしかただけで、私のイメージは純情可憐な女の子。でも、実際の私は計算高い女なの。たしかに、日本風な顔立ちにはちがいないけれど、だからといって、どうして性格までが大和撫子《やまとなでしこ》みたいだというふうに決めつけるのかしら。ほんとに男ってバカみた

い。ほ〜ら、見て）

萌は鏡に向かって、富士山の六合目の先で休憩したとき、渡嘉敷に対してそうして見せたように、眉のところまで隠した前髪を片手で持ち上げ、額をあらわにした。

（ね……計算ずくのおりこうさんなオデコと、嘘がバレそうになったときにピクピク動いてしまう眉毛――これが見えちゃうと、松原萌って女の子の本質も意外とかんたんに見抜かれてしまうかもしれない。でもこうやると……）

萌は、バサッと前髪を下ろした。

（私は可愛い日本人形なんだなあ）

眉毛まで隠すことで、額を出したときよりも、ずいぶんと瞳がつぶらに見えた。

（私、思うんだけど、こういう髪形をしてる女の子って、絶対にそのメリットを計算してる気がするな。誰がやっても、このヘアスタイルだと純情そうにみえるから不思議）

萌は自分の頰に両手を添え、唇を小さくすぼめて、愛らしく首をかしげてみせた。

（でも、本質はすご〜く怖い女の子。だって私……富士山殺人事件の犯人を知っているくせに、黙っているんですもの）

鏡の中の自分をのぞき込む萌の目に、あのときの情景が二重写しになって浮かんできた。

ほとんどの登山者が御来光を拝むために東の空に目を向けているとき、なにげなく後ろのほうをふり返った萌は、今中部長と『ある人物』が、石室の山小屋裏手に姿を消すのを――

ほんの一瞬だが――見ていたのだ。

もちろん、今中部長を殺した犯人は、その人物以外にはありえない。にもかかわらず、萌が警察の事情聴取で、あえてその事実を隠していたのはわけがある。犯人が嘘をついていく姿を見るのが、彼女は楽しかったからだ。

（どんなに警察が捜査に行き詰まっても、私は絶対に犯人の名前を教えてあげないわ。だって、こんなに面白いドラマはないでしょ。犯人は誰にも見られていないと思い込んで、大芝居を打っている。でも、私だけは殺人事件の真相を知っている。ああ、ワクワクしてきちゃう。この先どうなるか、ほんとうに楽しみだわ）

萌は肩をすくめて、またうふっと笑った。

そして、最後に声に出してつぶやいた。

「私も嘘つきだけど、あの人って、ほんとうに嘘つきね」

5

「私……里津子の気持ちがわかるの。痛いほどよくわかるの」

一時の激情がおさまった霧島慧子は、恋人である渡嘉敷純二に手を握られたまま、語りはじめた。

「私自身、今中部長に乱暴される寸前までいって、どれだけ彼を憎んだかわからない。正式に総務部長に訴えようかと思ったくらいよ。でも、彼に止められたの」

慧子は、渡嘉敷のほうを見て、それからまた三木里津子のほうに向き直った。

「ああいう人を敵に回したら、何をされるかわからない。それよりも早く結婚して会社を辞《や》めればいい。それが、今中から遠ざかる一番いい方法だ——渡嘉敷君にそう言われて、私、もう少しだけガマンすることにしていたの。そういう経験をしているから、よくわかるのよ。里津子、無理やり乱暴されたんでしょう、今中部長に」

まさか話がそういう方向に展開していくと思っていなかった里津子は、硬い表情で話を聞いていた。

「里津子が口をつぐんでいれば、その事実はもしかしたら、闇に葬《ほうむ》られていたかもしれない。でも、あなたの良心が許さなかったんでしょう。それで、あなたはありのままの事実を糸川君に打ち明けたのよね」

「……」

「ところが糸川君は、その事件をレイプではなくて不倫だという視点でとらえた。どんなにあなたが言葉を尽くして説明しても、彼はあなたを非難することしかしなかった。ほんとうなら、糸川君があなたをいちばん守ってあげなくてはならないのに、守るどころか萌と浮気までした」

「慧子、どうしてそんなことまで」

「糸川君が自分で言い触らしているのよ」

「……」

「渡嘉敷君も、糸川君の都合のいいように仕立てられた噂を信じていた時期があったくらい」

慧子の言葉に、渡嘉敷はバツの悪そうな顔をした。

「ふつうだったら、糸川君を怨むわよね。でも、あなたはどうしても彼への愛情が捨てられなかった。そうでしょ？」

慧子に答えを求められ、里津子は喉の奥にこみあげてきた熱いかたまりをごくんと呑《の》み下《くだ》した。

「そして、誤解を解くためにはこれしかない、という最後の手段を選んだんじゃない？　つまり、捨て身になって今中部長を殺すことで、糸川君に対して身の潔白を訴えようとした」

「おい！」

渡嘉敷がびっくりした声を出した。

「慧子、まずいんじゃないか。いくらなんだって、想像でそんなことを言うのは」

「想像だけだったら、どんなに楽かわからないわ」

慧子の声は、またかすれかかった。

「私、自分のことをひどい女だと言ったでしょう。いま、私、物凄《ものすご》い自己嫌悪に陥っているの。だって、私があることに思い至っても、それを確かめようとしなければ、いつまでも富士山殺人事件は謎に包まれたままだったかもしれない。でも……ふと……もしかしたら……という疑問が湧きはじめたら、それをどうしても抑《おさ》えられなくなったの」

「……」

「ごめんなさい、里津子。私があなたの引っ越しのお手伝いをすると申し出たのは、私の疑問を直接あなたにぶつけてみようと思ったからなの」

里津子は魂《たましい》の抜《ぬ》け殻《がら》になったような目で、慧子の顔を見つめていた。

だが、その焦点は合っていない。

「そうしたら、あなたに問いただす前に大事なものを見つけてしまって」

「大事な……もの？」

虚《うつ》ろな声で里津子が聞き返した。

「なあに、大事なものって」

「気がつかなければよかった……見なければよかった」

目尻《めじり》の涙をぬぐいながら、霧島慧子は、不用品やゴミでいっぱいになった段ボール箱の中に手を差し入れ、牛乳などの容器に似た二五〇ミリリットル入りの半透明のボトルを、底のほうから引き上げた。

「あ！」

三木里津子は、はっきりと「あ」という声を出した。

「見て……」

かすかに震える手で、慧子はそれを渡嘉敷に渡した。

「金明水《きんめいすい》？」

渡嘉敷は、いぶかしげな表情で、表に貼ってあるラベルを読み上げた。

その半透明のボトルには『富士山頂上　金明水』と印刷された、金色のふちどりのラベルが貼ってあった。

渡嘉敷は、その蓋を開けて中をのぞいてみた。

中身は空である。

「これが……どうかしたのか」

渡嘉敷は聞き返したが、里津子が血の気の引いた顔になっているのを見て、あらためて金明水のボトルに目をやった。

「富士山に登ることになったとき、あなたと二人でガイドブックをよく見たりしたから、金明水と銀明水《ぎんめいすい》のことは知っているでしょう」

慧子に言われて、渡嘉敷はうなずいた。

「富士山頂上のお鉢の、北側と南側のそれぞれの真ん中あたりから湧き出している霊泉だろ。北側に湧いているのが金明水で、南側が銀明水。でも、あれは雪解《ゆきど》け水だから、夏には湧いていなかったんだよな」

「その霊泉の水を集めて売っているのが、それなの。銀色ラベルの銀明水は、富士宮口山頂の浅間《せんげん》神社奥宮《おくみや》で売っていて、金明水は吉田口山頂にある奥宮の末社《まっしゃ》で売っている」

慧子がそう説明しても、渡嘉敷にはまだその重要性が認識できていなかった。

「いいわ、最初から話します」

慧子は、渡嘉敷も里津子も見ずに、荷物の片づいたワンルームのカーペットに目を落として語りはじめた。

「正直に打ち明けると、私、今中部長が殺されたときすぐに、犯人は糸川君か里津子のどちらかだと直感的に思ったの。さっき話したようないきさつを聞いていたから。けれども、糸川君のずるい性格はじゅうぶんわかっていたから、殺したのは彼じゃないと思った。義憤《ぎふん》にかられて今中部長を殺すくらいだったら、もっと里津子に優しくしているもの」

その言葉を聞いたとたん、里津子がウッと嗚咽《おえつ》を洩らした。

が、片手を口に当て、懸命にそれ以上の声が洩れるのを防いでいた。

「だから、里津子なのね……と思った。そして、可哀想に……って」

話しているうちに、慧子の瞳から涙が伝い落ちた。

「私、里津子の気持ちは痛いほどわかるだけに、ほんとうに可哀想に、って思った。けれども、何の証拠もない以上、里津子を疑いの目で見ては絶対にいけない――そんなふうに自分に言い聞かせたわ。あれだけ大ぜいの登山者が頂上にいたんだから、その中に、部長の命をこっそりつけ狙う人間が紛《まぎ》れ込んでいても、少しも不思議はない――そういうふうに」

いったん言葉を区切ってから、慧子は苦しそうに片手を胸に当てて話をつづけた。

「それに、里津子を犯人だと決めつけるには、不思議なことが二つあった。一つは、男の人を殺すのに紐で首を絞めるなんて、体力的に劣る女にはとてもできないでしょう。もしも里津子が犯人だったら、どうやって部長に抵抗されずにそんな真似ができたのか、それが不思議でならなかった。

もう一つの謎は、部長の殺された場所が富士山の頂上だったこと。いったいどうしてそんな場所を選んだのか。この二つの謎が解けないかぎり、里津子を色眼鏡で見てはいけない。それが、私が自分に誓ったことだったの。でも……その謎が解けてしまったのよ」

6

「きっかけは、テレビのスポーツ番組だった……」

慧子はつづけた。

「部長のお葬式も済んで、おとといから私たちは自宅待機になったでしょう。最初の日ぐらいは、とにかくおとなしく家にいようと渡嘉敷君とも話し合ったんだけど、何をする気もなくて、ぼんやりとテレビを見ていたの。そうしたら、マラソンの高地トレーニングの話題が出ていて……。つまり、酸素の少ない高地で長い期間トレーニングを積むと、血液の酸素を運ぶ量が増えるとか、そういった話だったわ。そこから私、ピンときたことがあったの」

「そうか……」

慧子がつづきを言う前に、渡嘉敷がつぶやいた。

「ぼくらはみんな、富士山の薄い空気に慣れなくて体力的に消耗していたけれど、何日か前に、あらかじめ高地に順応している人間がいたら……」

渡嘉敷は里津子を見た。

里津子は、両の瞳に涙をあふれさせたまま、唇を震わせていた。それを見て、渡嘉敷は何も言えなくなった。

「私たちが富士山に登ったとき、女三人の中でいちばん元気だったのは萌だった。そのつぎが私で、里津子がいちばん疲れているようにみえたわね。でも、それが演技だったとしたら……」

慧子が口をつぐむと、部屋がしんとした静寂《せいじゃく》に包まれた。

「里津子がとった二日間の有給休暇――それを利用して、日曜日に山頂に立つ私たちより三日も前に富士山の頂上に登っていたら、私たちとは較べものにならないほど、身体が山頂の低い気圧に順応していたでしょうね」

慧子は、静かな声で話の先をつづけた。

「二十六日の木曜日は山終《やまじ》まいで、頂上の山小屋は閉まってしまうけれど、八合目の山小屋の多くは、私たちが登ったときにも営業をつづけていた。だから、木曜日の夜も金曜日の夜も八合目まで下りて山小屋に泊まり、またつぎの日には山頂に登るということを繰り返していれば、筋肉も慣れるし、なにより心臓や肺が、平地の三分の二という気圧に慣れてしまうわ。

と同時に、山頂まで登るのに費やす時間も、肌でつかめるようになると思うの。登山者全員が御来光に注目して、山小屋の裏手が完全に死角になってしまう時間に合わせて頂上に着くためには、仮眠場所の八合目から標準よりも何分ぐらい遅れていけばよいか。そういったコントロールがかんたんにできるようになると思う」

「そういえば……」

とだけ、渡嘉敷はつぶやいた。

八合目の山小屋で仮眠をとったあと、頂上に向けて出発した三杏ボトラーズの六人は、標準登山時間で八十分あれば行ける山頂まで百分もかかっている。それもすべては、里津子が体力的にへたばっていたためだった。彼女がみんなの足を引っ張ったのだ。

だが、それが実際に疲れていたせいではなく、頂上到達時刻をコントロールするための演技だったとは――渡嘉敷は、心の中で驚いていた。

たしかにそうやって時間を調節することは、里津子にとって必要な作業だったにちがいない。なぜならば、頂上到達から殺人実行までの間が短ければ短いほど、今中は肉体の疲労を回復させるヒマがなく、高地に順応している里津子との体力の逆転が大きくなるからである。

慧子の推理によって、富士山殺人事件の必然性が明らかになってきた。

つまり――

日曜日の夜明けに富士山での殺人を成功させるためには、三木里津子は、どうしてもまえもって標高三七〇〇メートルを越える殺人現場に、自分の身体を慣らしておく必要があった。

そして、気圧六五〇ヘクトパスカルの富士山頂という場所を使ったこの時間差登山こそ、唯一、平地での体力差を逆転して、女が男を絞め殺すことを可能にする方法だったのだ！

「だけど慧子」

渡嘉敷が、ささやくような声で言った。

「いまのはあくまで、想像の域を出ない仮説といえるんじゃないのか」

「でも……それを見てしまったから」

慧子は、さっきからずっと渡嘉敷の手に握られていた金明水のボトルに目をやった。

「二人で読んだガイドブックに書いてあったのを覚えていない？　霊泉金明水と銀明水は、富士山頂だけで売っているのよ」

「だけど、ぼくらは現実に頂上に立ったわけだから、あの事件のゴタゴタの合間にリッちゃんが買っていたとしたら」

「買えないわ」

慧子は、首を左右に振った。

「頂上の山小屋も、それから奥宮末社も、ぜんぶ閉まっていたでしょう」

「あ……」

「けれども、山終まいに当たる二十六日のうちに頂上に登っていれば、それは買えたのよ」

「……リュックに入ったままだったの」

いままでずっと黙っていた里津子が、ポツンと言った。

「すっかり忘れてしまって、気がついたのがきょうだった……」

また、沈黙。

そして、渡嘉敷の長いため息。

「私ね」

霧島慧子が、穏やかな口調で言った。

「里津子は、最後の最後まで迷っていたと思う。土曜日の午後、里津子は富士山頂から下りてきて、みんなと約束の時間に合流するつもりだったんでしょうけれど、それに二時間半も遅れたというのは、ずっと迷っていたからなんでしょう。ほんとうに今中部長を殺すかどうか。……ううん、もしかしたらそうじゃないかもしれない」

慧子は、里津子をじっと見つめて言った。

「里津子、私に言ったわね。木曜日と金曜日の二日間、自殺をしようと死に場所を探していた、って。あれは決して嘘じゃないと思っているのよ。ほんとうは部長を殺すよりも、自殺するために富士山に登ったんでしょう。そして、死のうかどうしようか、富士山の上で迷っていたんでしょう」

「……」

「だって、よく考えてみて」

慧子は、そこで里津子ではなく、恋人の渡嘉敷に向かって言った。

「もしも、いま私が考えた里津子の行動がほんとうだったとしても、計画がうまくいくと里津子が本気で考えていたとは、とても思えないわ」

「そりゃそうだ」

渡嘉敷もうなずいた。

「身体を高地に慣らしたリッちゃんが、はたして部長を体力的に上回れるかどうか、やってみるまではわからなかったはずだ。そして、仮に体力差の逆転が可能だったにしても、他人にしてもリッちゃんは、自分が助かろうとは思っていなかったんじゃないのか」

渡嘉敷は、魂を失ったような里津子に話しかけた。

「みんながくる前に、糸川や部長に対する抗議の意を込めて富士山で自殺するか、さもなければ富士山頂で部長を殺しにかかる。ただし、うまくいっても未遂に終わっても、きみは警察の手から逃れられるとは最初から思ってはいなかった。そして、いまも……。そうだろう、リッちゃん」

「どうしても許せなかったのね、部長のことが」

渡嘉敷につづき慧子に呼びかけられて、いままで焦点の合わない目をしていた里津子が、しっかりと相手を見つめた。

涙にうるんでいたが、はっきりとした意志の光が宿っている目だった。

「慧子……いろいろありがとう。あなたのような友だちを持って、私、幸せだった。それから渡嘉敷さんも……ありがとう」

言い終わると同時に、スッと里津子は立ち上がった。

彼女の視線が、台所用品をまとめて入れた箱のほうに向けられていた。

「待った！」

渡嘉敷が叫んで飛びついた。

「だめだよ」

自殺のためのナイフを取ろうとした里津子の手を、渡嘉敷の手が押さえた。

「やっとこれで、慧子がぼくを呼んだわけがわかった」

泣きながらもがく里津子を、渡嘉敷は後ろからしっかりと抱きかかえた。

それでも里津子は暴れた。食いしばった歯の間から「死ぬ……死ぬ……」と、同じ言葉が二度洩れた。

だが、渡嘉敷のがっしりした身体に抱きすくめられては、しょせんすべては無駄な抵抗だった。

「リッちゃん、ここは富士山じゃないんだ」

渡嘉敷は言った。

「どうやってもぼくに逆らうことはできないよ。さあ、落ち着くんだ。きみが力を抜いたらぼくも放してあげるから」

それでも、まだ里津子はもがいた。

「三人で警察に行ってすべてを話そう」

渡嘉敷は里津子の耳元で言った。

「警察の中にだって、きっとリッちゃんの愛の強さをわかってくれる人間がいる。それが……きみにとっても、糸川にとっても、いちばんいいことだと思う。わかるだろう、リッちやん」

渡嘉敷の説得に合わせるように、慧子がそっと里津子の手を握った。

里津子がハッとなって慧子を見た。

涙の光る目と目が合った。

抵抗をつづけていた里津子は、そこですべてをあきらめたように、ガックリと力を抜いた。

「里津子、お願い。死ぬことを考えるよりも、生きつづけることを考えて」

慧子は涙声で訴えた。

「お願いだから」

「わかったわ」

消え入るような声で、里津子はつぶやいた。

十．頂《いただき》

一年後の七月一日——

富士山にふたたび山開きの季節が来た。

十ヵ月もの間、ごく一部のプロにのみ侵入を許していた神の山が、いままた大勢の一般登山者を迎え入れはじめた。

その山開き初日、グループでの登山が圧倒的に多い中にあって、ひとりで黙々と山頂を目指す女子高校生の姿があった。

ことし十八歳になる彼女に、いま、身寄りは誰もいない。

ひとりぼっちとなってしまってから、もうすぐ丸一年——すべてを姉に頼っていたような甘えっ子の彼女も、ずいぶん精神的に強くなった。

そして、もっともっと強くなるために、彼女は生まれてはじめて、一人で富士山に登ることを決めた。いくつかある登山ルートの中で、彼女が選んだのは吉田口登山道だった。

もっとも山小屋の数が多い吉田口から登り、まず霊泉『金明水』に立ち寄る。それからお鉢《はち》めぐりをしながら、文字どおり日本最高地点である剣ケ峰《けんがみね》を通り、もう一つの霊泉『銀明水』へ。

そして富士宮ルートを下って、住まいのある富士宮市へ戻る、というコースだ。

五合目。

六合目。

七合目。

そこで長い休憩を入れてから、彼女はまた登る。

八合目。

八合五勺《しゃく》。

九合目。

そして、吉田口頂上まであとわずかというところで、うつむき加減に歩いていた彼女は、足元に何か黒光りするものを見つけた。

かがんで、それを手にとってみた。

鋼鉄製の二個のナットだった。

なぜこんなものがここに落ちているのかわからなかったが、神聖なる富士山にとって、それが邪魔な不純物であることは間違いない。

生真面目な彼女は、そのナットを地面に戻さず、下山したときに分別ゴミとして捨てるため、ヤッケのポケットに用意していたビニール袋を取り出してそこに入れた。

そのビニール袋をまたポケットにしまうと、彼女はあらためて神の山の頂《いただき》をふり仰いだ。

雲ひとつない目の覚めるような青空だった。

フッと、気合を入れるように息を吐くと、彼女は山頂に至る最後の石段を、一歩、また一歩と踏みしめながら登っていった。

取材旅ノート　富士山頂

吉村達也

ストーリーよりもトリックよりも、真っ先にタイトルを決めるのが、いつもの私のやり方だが、じつに単純明快な題名が頭に浮かんだ。『富士山殺人事件』――これである。

当初はオビのキャッチフレーズに、『標高三七七六メートルの殺人』と入れたら決まるな、と思っていたのだが、衛星測量の結果、富士山の標高が従来よりも六六センチ低いことが判明し、これが公式に認められると、四捨五入した富士山の標高が三七七五メートルになるという情報が、ちょうど本作のアイデアを組み立てている最中に報道された。とはいえ、一メートル低くなっても日本一の山である。やはり、富士山殺人事件というからには、殺人はこの山頂で行なわれなければならない。となると、実際にそこへ行かねば、というのが私の主義である。

この富士山に登ったのが、一九九三年の八月二十八日から二十九日にかけて。すなわち、本作で志垣《しがき》警部や主要登場人物が登山するスケジュールは、この取材日程のままに描かれている。もちろん、天候や気温、日の出の時刻も事実そのままである。

本当はもっと早い時期に登るつもりだったのだが、この年の夏というのは、まれにみる異常気象の連続だった。冷夏&台風である。それで、予定を立てては悪天候で延期という連続になり、ついに、一時は取材をあきらめねばならないか、というところまで追いつめられた。そして、他の仕事との兼ね合わせで、もうこの日しかない、というのが、八月二十八日～二十九日だった。作中でも何度か触れているが、夏の富士山は例年八月二十六日でそのシーズンを終える。したがって、八月二十八日～二十九日に登っても、山頂の山小屋は開いていない。奥宮《おくみや》もそうだし、山頂に特別に開設されるNTTや郵便局は、もっと早く二十日に閉まってしまう。けれども、この時期に登ったことが、結果的にはストーリーに好影響をもたらした。

それにしても、このときの取材はハードだった。富士山に登ることそのものも疲れたが、私は、八月二十三日から二十八日（！）までの日程で、朝比奈耕作シリーズ『水曜島の惨劇』の取材で南洋のトラック諸島にいたのである。そして、正確にいうと八月二十八日の現地時間午前四時四十五分に経由地のグアムを飛行機で飛び発《た》ち、七時二十分に成田着。空港に預けておいた自分の車に乗って自宅に戻り、南の島スタイルから富士登山の格好に着替え、汗だくでまた車を運転してオリジナル版担当編集者の日浦君との待ち合わせ場所である『すかいら～く』へ。そこで昼食をとって、また車を運転して一路中央高速を西へ。途中の渋滞などあって、結局夕刻の五時すぎに河口湖駅前に到着した。そしてスバルラインのマイカー規制のため、ここからはタクシーで五合目へ。午後六時すぎにレストハウスへ着いて小休止ののち、六時四十分登山開始。書いているだけで目が回りそうなスケジュールである。

しかし、さすがに私も自分の体力を心得ているというか、自信がないというか、ここからは和久井《わくい》刑事以上の超スローペースで登ることにした。途中の雰囲気などは、かなりこまかく作中でも紹介しているが、無理をしなければ誰にでも登れるのが富士山のいいところである。とはいえ、やっぱりにわか登山者にとってキツい上りであるのは事実。

富士登山初体験の人間として吉田口登山道の印象を言えば、六合目までは楽勝である。そして六合目から、おっという感じになる。このあたりでは、まだ高山病の心配などする必要はないのだが、平地に較べるとだいぶ息が弾《はず》む感じなので、なんとなく気にはなる。実際、七合目までの上りは、初体験の人間にはかなりしんどい。たしか日《ひ》の出《で》館だったか、山小屋のおばさんに「いやー、富士山て疲れますねえ」と言ったら、「なに言ってんの、富士山はこれからが本番よ」と笑われた。そのとおり、本当の苦痛はこの先、七合目からあとにやってくるのである。

ところで、私同様、若葉マークの登山者諸兄に参考にしていただけそうな情報をいくつか書いておこうと思う。

まず、『富士山には水がない』とガイドブックには決まり文句のように書かれているが、これはウソである。正しくは『タダで飲める水はない』のだ。少なくとも夏のシーズンにおいては、山小屋でミネラルウォーターを売っている。ただし、取材当時（一九九三年）の七合目を例にとると、水が五百円、ジュースが八百円とべらぼうに高い。だから、自分で水なりスポーツドリンクなりを持っていくのは当然のことだが、このさい水筒は極力軽い材質のものを選んだほうがいいと思う。上に行けば行くほど、わずかな重さがこたえてくるからだ。

それから携帯酸素のボトルは、ペースをつかみにくい初心者はぜひ一本持っていくべきと思う。ふだん平地で酸素を吸ってもべつにどうという差は感じないが、富士山の場合は違う。とりわけ標高三〇〇〇メートルを超す八合目より上では、ヘトヘトになったときに吸うと明らかに効果を感じる。ただし、多分に心理的な効用もあるかもしれないが。

富士登山はマイペースが基本だが、注意しなければならないのは、体格の立派な外国人が近くにいるときである。彼らはこっちが長袖長ズボンのときに、Tシャツ短パンそして旭日《きょくじつ》旗《き》付きの金剛杖《こんごうづえ》（なぜかこれが決まりモノ）という勇ましいいでたちで、早いピッチで登ってくる。まちがっても、ここでオリンピックのような国別対抗意識を燃やして競争してはならない。なぜならば、私が観察したかぎり、こういった元気でデカい海外の若者たちは、八割がたがオーバーペースである。そして、ウサギとカメのたとえではないが、ゆっくりと、しかし変わらぬペースで登っていく小柄で年配の日本人夫婦に、結局は抜かれたりする。三〇〇〇メートル超の高さになると、見た目の体格など、なんのアテにもならないことがよくわかる。

あと、山小屋に泊まる人にも説明を加えておく必要がありそうだ。富士山の山小屋には、いくつか『ホテル』と名の付くところがある。そのさいに、間違っても下界の『ホテル』を想像しないように。山に慣れた人間には笑われてしまうような注意ではあるが、しかし、ここで書いておくにこしたことはないだろう。というのも、なんでもカッコよく表現すればいいと思っているガイドブックなどに『カップルは個室をリザーブしたい』などと書かれているから、勘違いする人が後を絶たない。これは山小屋のせいではない。リザーブしたい、などという言い回しをこんなところで使うガイドブックのライターがバカタレなのである。

ちなみに山小屋は相部屋が常識で、『個室あり』といっても決して独立した部屋を意味しない。早い話が、雑魚寝《ざこね》するスペースがカーテン等なんらかの方法で仕切られており、同じブロックに他のグループが入ってこない、というだけなのだ。

また、神経質もしくは潔癖な人は覚悟されたい。客が入れ替わるたびにシーツを替えるようなゼイタクな真似《まね》は、水の不自由な富士山ではできるはずもない。そして登山客は、汗びっしょりの状態でその布団《ふとん》に横たわる。こうやって湿気を吸った布団は、天候が悪ければ何日も干《ほ》せないまま使われる。このこともお忘れなく。

参考までに、八合目の某山小屋で働く従業員にきいたところ、風呂は貴重な雨水をためて沸かすため、一週間から十日に一度しか入れないとのことである。もうひとつ参考に記すと、山小屋の従業員は学生アルバイトがかなり動員されるが、そのバイト代は一九九三シーズンの場合、一ヵ月およそ三十万円だそうだ。

さて、話は戻るが、吉田口登山道でいえば、七合目から八合目までが、富士登山の正念場である。166ページに標準所要時間を記したが、これでおわかりのとおりの長丁場である。傾斜も急だし、足場も悪い。そして、八合目に近づくと前述の高山病に襲われる可能性も出てくる。高山病の症状は、吐き気や頭痛、めまいなどだが、いったんこれに罹《かか》ってしまうと、その場で休息しても何の意味もなく、下山するより他に手はないといわれる。現実に、八合目まで登りながら高山病でやむなく下山する人はちゃんといる（ちゃんといる、というのもおかしいが）。だから私の場合は、八合目が近くなると、予防の意味でひんぱんに酸素を吸った。日ごろ机に向かってばかりいる運動不足の人間は、用心するにしくはない。

それにしても、富士山にはいろいろな人が登る。これほどまでに外国人が多いとは思ってもみなかったが、八合目元祖《がんそ》室《むろ》のおばさんいわく「近ごろのガイジンさんは日本語うまいから、ヘタなことしゃべれないわよ」とのことである。でも「ヘタなこと」って、たとえばどういう話なんだ？

ところで、作中にちょこっと登場してもらったが、青葉《あおば》ちゃんという五歳の女の子が、お父さんといっしょに元気に登っているのには驚かされた。でも、子供のほうが高山には強いという説もある。

そうかと思うと、その先で超スパルタ親子にも出会った。小学校低学年らしき男の子が八合目江戸屋《えどや》の前で、もう一歩も動けなくなって泣きベソをかいていた。すると、いきなりお父さんが一喝《いっかつ》。「え、もうダメなんか。ダメなんか、もう。行けるだろう、まだ。……なんだ、おまえ。もうどこにも連れていかないぞ！」

しかしお父さん、小学生の子が富士山の八合目でバテたからといって、もうどこにも連れていかないぞ、はないでしょう。ヒックヒックと泣きじゃくる男の子が可哀想だなあと見ていると、お父さん、やおら自分のリュックを背中から下ろし、それを江戸屋にあずけると、子供をおんぶ！　おぶってでも行くか、頂上に！　この根性には脱帽である。

さて、八合五勺《しゃく》をすぎたあたりで、はるか下のほうにゴロゴロ、ドーンという音を数回聞いた。なにかと思ったら雷である。さすが富士山、雷を足下に聞くとは思わなかった。また、上に行けば行くほど、風は強くなる。そういえば、富士山界隈《かいわい》の風の猛烈さはかなりのものらしく、以前、五合目レストハウスの前につけたタクシーがドアを開けた瞬間、強風にあおられ、ドアを引きちぎられたことがあるそうだ。登山者にとっては風そのものより、風に乗って飛ばされてくる砂礫《されき》が痛い。これをまともに目に入れると大変かもしれない。こういうときに、隙間をしっかりガードしてくれる登山用サングラスは便利である。

この辺までくると、体力の消耗よりも、あと少しで頂上だという気分が強く、肉体疲労は激しいが、精神的にはあんがい疲れない。胸突八丁《むなつきはっちょう》という言葉があるが、ふり返ってみると、やはり苦しいのは先がみえない七合目から八合目である。標準で三時間を要するこの区間は、傾斜の関係で山頂が見えないのだ。あそこがてっぺんかと思ったら八合目でガックシ、となる場所だ。それだけにゴールの見える九合目から先は、あれっ、もう頂上に着いたの？　という印象だった。そして、強風下の噴火口脇で記念撮影。日本最高地点での著者近影用写真を撮ったのだった。

なお、八月に取材に行きながら、脱稿が翌年二月というのは、登山にたとえれば、山頂をはるか彼方《かなた》に見ながら、いつまでも五合目界隈をうろちょろして、いっこうに筆が前に進まなかったからである。著者がノロノロしているうちに、富士登山に同行してくれた担当編集者の日浦君は美人妻を娶《めと》ることが内定し、彼の結婚式と私の脱稿のどちらが早いかという競争になった。

一時は完全にこちらが遅れをとって、悪戦苦闘の著者をひとり残して担当者がバラ色の新婚旅行に出かけるのは確実、という展開になったが、さすが土壇場の底力を発揮することでは定評のある『早書きタッちゃん』である。最終の二日間だけで四百字×百三十四枚を書き上げるという離れ業《わざ》をやってのけ、ついに脱稿とあいなったのが、なんと日浦君の挙式十八時間前（！）という、ウソのような本当の話。

おかげで彼は、人生でたった一度の結婚式前夜まで入稿作業に追われるという、とんでもないハメに陥《おちい》った。そのおわびというわけではないが、日浦夫妻に陸人君という男の子が誕生したとき、新作ミステリーの準主役の好青年に彼らの愛息の名前を使わせてもらった。光文社刊『能登島黄金屋敷の殺人』に出てくる星野陸人青年がそれである。

講談社文庫版　あとがき

本作品の主役である警視庁捜査一課の志垣警部と和久井刑事のコンビは、もともとは朝比奈耕作シリーズの脇役であったにすぎない。しかも朝比奈耕作シリーズ第一弾の『私が私を殺す理由《わけ》』（のちに『「伊豆の瞳」殺人事件』と改題）では、髪の毛をカフェオレ色に染め、当時はメイクまでほどこしていた朝比奈に、志垣は反感すら抱いていた。和久井が朝比奈のファンであったから、なんとか志垣の不満を抑えていた、という、いまでは考えられない設定であったのだ。

それがいつのまにか志垣は朝比奈の才能を認めるだけでなく、人間的な魅力に惹かれるまでになっていった。そして「惨劇の村・五部作」を経て、志垣と和久井は朝比奈と深い信頼の絆で結ばれるに至ったのである。

その志垣と和久井が主役に躍り出るきっかけとなったのが温泉シリーズ第四弾で、本書の一ヵ月前（一九九四年二月）に発表した『白骨《しらほね》温泉殺人事件』である。じつは温泉シリーズは『黒白の十字架』でデビューした夏目親子捜査官のシリーズとしてはじめたものであったが、どうもこのきまじめな夏目捜査官と、温泉という華やかで楽しいムードがいまひとつ合わないのだ。そこで『白骨温泉〜』で夏目コンビと志垣たちを共演させ、スライドするきっかけを作ってから、以後の温泉シリーズは志垣─和久井のコンビに主役の座を任せてしまったのだ。

つまり本作『富士山殺人事件』は、まだ「志垣といえば温泉」というイメージが定着する前であり、富士山のように、温泉とは直接関係のない舞台を設定しながら、志垣警部シリーズをつづけていこうと考えていた時期であった。ところが、ペアを組ませた和久井の母性本能をくすぐる（?）キャラが、作者の予想していた以上の人気を得て、とうとうこのふたりが温泉シリーズにとって、なくてはならない存在となったのである。

それにしてもオリジナル版のあとがきにあるように、南洋のトラック諸島から帰国して、その日のうちに富士山を登りはじめ、翌日山頂へ、というのは四十代に入ってまもないころのエネルギーがあってのことだった。山頂で、近いうちにきっとまた登るぞ、と意気込んでからはや十二年、いまだに富士山再登頂は果たしていない。娘といっしょに登る約束をしているのだが、一年のうちのわずかな時期に限定される一般向け登山シーズンと、仕事のスケジュールとがなかなか合わず、先延ばしにしているうちに、こちらは五十代に入ってしまった。いささか運動不足の状況で、はたして再チャレンジは大丈夫なのだろうか?

だが、山というのは推理小説の舞台として定番である。とりわけ富士山は、その大衆性において、ほかの山とはまったく色合いを異にした存在で、二度でも三度でも小説の素材になりうるところだと思う。幸いにも、小説上の志垣と和久井はまるで歳を取っていないので、ぜひ彼らにまた山頂へと向かわせたいものである。

ところで、この講談社文庫版の『富士山殺人事件』が発売になっているころ、一方で、志垣―和久井コンビのルーツである朝比奈耕作シリーズは完結に向かって走っている。もしかすると朝比奈耕作が表舞台から姿を消したあと、志垣と和久井が、温泉シリーズ以外にも、さまざまな舞台で主役として活躍することになるかもしれない。この『富士山殺人事件』のように……。

二〇〇五年六月十一日　記す　　吉村達也

□102. **こころのくすり箱** アミューズブックス（新書） 2002・3
—いのちのエピローグ
（原題：がん宣告マニュアル アミューズブックス 1997・7
感動の結論）
□106. **正しい会社の辞め方教えます** カッパ・ブックス 1998・6

【ビジュアルガイド】
□116. **京都瞑想2000** アミューズブックス 2000・1

【語学】
□109. **たった3カ月でTOEICテスト** ダイヤモンド社 1999・6
905点とった

【舞台脚本】
◎ **新宿銀行東中野独身寮殺人事件** 1994・1
（劇団スーパー・エキセントリック・シアター 15周年記念公演）
◎ **パジャマ・ワーカーズ ON LINE** 2001・10
（劇団スーパー・エキセントリック・シアター 秋の本公演）

		中公文庫	1996・11
		ケイブンシャ文庫	2001・4
□ 98.	日本国殺人事件	ハルキ文庫	1997・4

【ラジオディレクター・青木聡美シリーズ】

□ 15.	死者からの人生相談	KKベストセラーズ	1991・7
		徳間文庫	1994・6
□ 28.	「巨人―阪神」殺人事件	光文社文庫	1997・6
	(原題：死者に捧げるプロ野球)	FUTABA NOVELS	1992・7

【ミステリー短編集】

□ 36.	丸の内殺人物語	角川文庫	1995・10
	(原題：それは経費で落とそう)	角川書店	1992・11
		カドカワノベルズ	1993・8
□ 68.	一身上の都合により、殺人	祥伝社	1994・9
		角川文庫	1997・7
□ 87.	西銀座殺人物語	角川文庫	1996・4
	(71.『私も組織の人間ですから』角川書店1994・11+表題作書き下ろし)		
□ 72.	ダイヤモンド殺人事件	光文社文庫	1994・12
□ 89.	侵入者ゲーム	講談社	1996・7
		講談社ノベルス	1998・4
		講談社文庫	1999・8
□104.	クリスタル殺人事件	光文社文庫	1997・9

【オカルティック・サスペンス】

□ 6.	エンゼル急行を追え	C★NOVELS	1988・3

【趣味】

□ 91.	王様殺人事件(伊藤果七段共著)	毎日コミュニケーションズ	1996・11
		MYCOM将棋文庫SP	2004・10
□170.	マジックの心理トリック	角川oneテーマ21	2005・7

【精神衛生本】

□ 97.	多重人格の時代	PLAY BOOKS(青春出版社)	1997・2

□118.「倫敦《ロンドン》の霧笛」殺人事件	角川文庫	2000・8
□120.「ナイルの甲虫《スカラベ》」殺人事件	角川文庫	2001・1
□123.「シアトルの魔神」殺人事件	角川文庫	2001・4
□128.「北京の龍王」殺人事件	角川文庫	2001・8

【ＯＬ捜査網シリーズ】

□ 12. ＯＬ捜査網	光文社文庫	1991・4
□ 23. 夜は魔術《マジック》	光文社文庫	1992・6

【国際謀略】

□ 1. Ｋの悲劇	扶桑社	1986・2
	角川文庫	1991・3
	徳間文庫	1994・11

【里見捜査官シリーズ】

□ 21. 時の森殺人事件 1	C★NOVELS(中央公論社)	1992・4
暗黒樹海篇	中公文庫	1995・9
	ハルキ文庫	1998・9
□ 27. 時の森殺人事件 2	C★NOVELS	1992・6
奇人魍魎篇	中公文庫	1995・9
	ハルキ文庫	1998・9
□ 32. 時の森殺人事件 3	C★NOVELS	1992・9
地底迷宮篇	中公文庫	1995・10
	ハルキ文庫	1998・9
□ 35. 時の森殺人事件 4	C★NOVELS	1992・10
異形獣神篇	中公文庫	1995・10
	ハルキ文庫	1998・10
□ 38. 時の森殺人事件 5	C★NOVELS	1992・11
秘密解明篇	中公文庫	1995・11
	ハルキ文庫	1998・10
□ 40. 時の森殺人事件 6	C★NOVELS	1993・1
最終審判篇	中公文庫	1995・11
	ハルキ文庫	1998・10
□ 48. 読書村の殺人	C★NOVELS	1993・7

	講談社ノベルス	1996・10
	講談社文庫	2000・ 2
□ 34．ニュートンの密室	ノン・ポシェット	1992・10
	講談社ノベルス	1996・11
	講談社文庫	2000・ 6
□ 43．アインシュタインの不在証明	ノン・ポシェット	1993・ 4
	講談社ノベルス	1996・12
	講談社文庫	2000・11

【単発ミステリー】

□ 3．創刊号殺人事件	実業之日本社 (有楽出版ノベルス)	1987・ 7
	角川文庫	1991・12
	〃　（新装版）	2000・10
□ 5．キラー通り殺人事件	講談社Ｊノベルス	1987・ 9
□ 7．幽霊作家殺人事件	角川文庫	1997・12
(原題：ゴーストライター)	カドカワノベルズ	1990・ 5
	角川文庫	1992・ 3
□ 10．ハイスクール殺人事件	角川文庫	1997・ 9
(原題：三十三人目の探偵)	角川文庫	1991・ 1
□ 25．黒白の十字架	TENZAN NOVELS	1992・ 6
	ケイブンシャ・ノベルス	1994・ 4
	ケイブンシャ文庫	1996・ 6
□151．黒白の十字架【完全リメイク版】	講談社文庫	2003・ 6
(25.『黒白の十字架』TENZAN NOVELS1992・ 6を完全改稿)		
□ 52．[会社を休みましょう]殺人事件	光文社文庫	1993・ 9
	講談社文庫	2003・10
□ 67．ミステリー教室殺人事件	光文社文庫	1994・ 9
□ 92．定価200円の殺人	角川mini文庫	1996・11

【ワンナイトミステリー】

□ 79．「巴里《パリ》の恋人」殺人事件	角川文庫	1995・ 8
□ 80．「カリブの海賊」殺人事件	角川文庫	1995・ 8
□ 81．「香港の魔宮」殺人事件	角川文庫	1995・ 8

【サイコセラピスト・氷室想介シリーズ】

□ 8.	編集長連続殺人	光文社文庫	1990・7
		角川文庫	1999・10
□ 57.	旧軽井沢R邸の殺人	光文社文庫	1994・2
	(9.『スターダスト殺人物語』カッパ・ノベルス1990・9を完全改稿)		
□ 64.	シンデレラの五重殺	光文社文庫	1994・7
	(11.『五重殺＋5』カッパ・ノベルス1991・1を完全改稿)		
□ 26.	六麓荘の殺人	カッパ・ノベルス	1992・6
		光文社文庫	1995・8
□ 41.	御殿山の殺人	カッパ・ノベルス	1993・2
		光文社文庫	1996・4
□ 53.	金沢W坂の殺人	カッパ・ノベルス	1993・11
		光文社文庫	1996・12
□ 69.	小樽「古代文字」の殺人	カッパ・ノベルス	1994・10
		光文社文庫	1997・12
□ 86.	能登島黄金屋敷の殺人	カッパ・ノベルス	1996・2
		光文社文庫	1999・3
□101.	空中庭園殺人事件	光文社文庫	1997・7
□114.	京都魔界伝説の女―魔界百物語1	カッパ・ノベルス	1999・11
		光文社文庫(上下巻)	2003・6
□130.	遠隔推理―氷室想介の事件簿	光文社文庫	2004・10
	(原題：心霊写真―氷室想介のサイコ・カルテ)	カッパ・ノベルス	2001・10
□133.	平安楽土の殺人―魔界百物語2	カッパ・ノベルス	2002・2
		光文社文庫	2005・4
□161.	万華狂殺人事件―魔界百物語3	カッパ・ノベルス	2004・9

【家庭教師・軽井沢純子シリーズ】

□ 16.	算数・国語・理科・殺人	ノン・ポシェット(祥伝社)	1991・8
		講談社文庫	1997・5
		光文社文庫	2004・3
□ 18.	[英語が恐い]殺人事件	講談社文庫	1997・7
	(原題:英語・ガイジン・恥・殺人)	ノン・ポシェット	1991・12
□ 31.	ピタゴラスの時刻表	ノン・ポシェット	1992・8

	徳間文庫	2002・2
□129.「横濱の風」殺人事件	トクマ・ノベルズ	2001・9
	徳間文庫	2004・6
□141.「鎌倉の琴」殺人事件	トクマ・ノベルズ	2002・10
	徳間文庫	2004・9
□149.「舞鶴の雪」殺人事件	トクマ・ノベルズ	2003・5
	徳間文庫	2004・12
□163. 青龍村の惨劇	トクマ・ノベルズ	2004・12
□168. 朱雀村の惨劇	トクマ・ノベルズ	2005・6

□ 42. 出雲信仰殺人事件	カドカワノベルズ	1993・3
	角川文庫	1996・9
	徳間文庫	2003・4
□ 54. 邪宗門の惨劇	角川文庫	1993・12
	徳間文庫	2002・10
□ 70. 観音信仰殺人事件	カドカワノベルズ	1994・11
	角川文庫	1997・11
	徳間文庫	2003・8
□ 83. トワイライト エクスプレスの惨劇	カドカワノベルズ	1995・11
	角川文庫	1998・5
	徳間文庫	2004・1
□ 93.「あずさ2号」殺人事件	カドカワノベルズ	1996・11
	角川文庫	1999・4
□103. 新幹線 秋田「こまち」殺人事件	カドカワエンタテインメント	1997・8
	角川文庫	2000・5

□ 82. ベストセラー殺人事件	講談社文庫	1998・9
(原題:私の標本箱)	講談社ノベルス	1995・9

□107. 鬼死骸村の殺人	ハルキ・ノベルス	1998・7
	ハルキ文庫	1999・7
□113. 地球岬の殺人	ハルキ・ノベルス	1999・8
	ハルキ文庫	2000・12

	(17.『そして殺人がはじまった』トクマ・ノベルズ1991・9を完全改稿)		
□ 59.	「北斗の星」殺人事件	徳間文庫	1994・3
	(19.『雪と魔術と殺人と』トクマ・ノベルズ 1991・12 を完全改稿)		
□ 22.	花咲村の惨劇	トクマ・ノベルズ	1992・5
		徳間文庫	1995・11
□ 24.	鳥啼村の惨劇	トクマ・ノベルズ	1992・6
		徳間文庫	1995・12
□ 29.	風吹村の惨劇	トクマ・ノベルズ	1992・7
		徳間文庫	1996・1
□ 30.	月影村の惨劇	トクマ・ノベルズ	1992・8
		徳間文庫	1996・2
□ 33.	最後の惨劇	トクマ・ノベルズ	1992・9
		徳間文庫	1996・3
□ 45.	金閣寺の惨劇	トクマ・ノベルズ	1993・5
		徳間文庫	1997・7
□ 46.	銀閣寺の惨劇	トクマ・ノベルズ	1993・5
		徳間文庫	1997・7
□ 62.	宝島の惨劇	トクマ・ノベルズ	1994・4
		徳間文庫	1998・1
□ 63.	水曜島の惨劇	トクマ・ノベルズ	1994・5
		徳間文庫	1998・4
□ 74.	血洗島の惨劇	トクマ・ノベルズ	1995・1
		徳間文庫	1998・7
□ 77.	銀河鉄道の惨劇(上)	トクマ・ノベルズ	1995・7
		徳間文庫	1999・1
□ 85.	銀河鉄道の惨劇(下)	トクマ・ノベルズ	1996・2
		徳間文庫	1999・1
□ 95.	「富士の霧」殺人事件	トクマ・ノベルズ	1996・12
		徳間文庫	1999・9
□100.	「長崎の鐘」殺人事件	トクマ・ノベルズ	1997・5
		徳間文庫	2000・1
□108.	「吉野の花」殺人事件	トクマ・ノベルズ	1999・3
		徳間文庫	2004・3
□117.	天井桟敷の貴婦人	トクマ・ノベルズ	2000・2

【ナミダ系ホラー】

□119．ゼームス坂から幽霊坂	双葉社	2000・ 9
	FUTABA NOVELS	2001・12
	双葉文庫	2003・ 5
□127．あじゃ＠109	ハルキ・ホラー文庫	2001・ 8

【警視庁捜査一課・烏丸ひろみシリーズ】

□ 2．逆密室殺人事件	角川文庫	1991・ 5
	〃 （新装版）	2000・ 7
（原題：カサブランカ殺人事件）	廣済堂ブルーブックス	1987・ 4
□ 4．南太平洋殺人事件	廣済堂ブルーブックス	1987・ 8
	角川文庫	1991・ 9
	〃 （新装版）	2000・12
□ 14．トリック狂殺人事件	カドカワノベルズ	1991・ 5
	角川文庫	1994・ 2
	光文社文庫	2000・ 8
□ 73．血液型殺人事件	角川文庫	1994・12
（20．『ＡＢＯ殺人事件』カドカワノベルズ1992・ 1を完全改稿）		
□ 37．美しき薔薇色の殺人	角川文庫	1996・ 1
（原題：薔薇色の悲劇）	JOY NOVELS(実業之日本社)	1992・11
□ 44．哀しき檸檬色の密室	角川文庫	1996・ 2
（原題：檸檬色の悲劇）	JOY NOVELS	1993・ 4
□ 50．妖しき瑠璃色の魔術	角川文庫	1996・ 3
（原題：瑠璃色の悲劇）	JOY NOVELS	1993・ 8
□ 99．ラベンダーの殺人	角川mini文庫	1997・ 5
□112．怪文書殺人事件	ケイブンシャ・ノベルス	1999・ 8
	光文社文庫	2003・ 1
□164．富良野ラベンダー館の殺人	角川文庫	2004・12
（99．『ラベンダーの殺人』角川mini文庫1997・ 5を完全改稿）		

【推理作家・朝比奈耕作シリーズ】

□ 55．「伊豆の瞳」殺人事件	徳間文庫	1994・ 1
（13．『私が私を殺す理由』トクマ・ノベルズ1991・ 4を完全改稿）		
□ 56．「戸隠の愛」殺人事件	徳間文庫	1994・ 2

□146．かげろう日記	角川ホラー文庫	2003・3
□148．ボイス	角川ホラー文庫	2003・4
□152．トンネル	角川ホラー文庫	2003・9
□155．スイッチ	角川ホラー文庫	2004・1
□157．ついてくる	角川ホラー文庫	2004・3
(122．『ついてくる―京都十三夜物語』アミューズブックス2001・4を完全改稿)		
□159．ナイトメア（映画題：『友引忌』）	角川ホラー文庫	2004・6
□160．姉妹―Two Sisters―（映画題：『箪笥』）	角川ホラー文庫	2004・7
□165．時計	角川ホラー文庫	2005・1
□169．ビンゴ	角川ホラー文庫	2005・7

□138．オール	ハルキ・ホラー文庫	2002・7

【心理サスペンス】

□124．京都天使突抜通の恋	集英社	2001・5
	集英社文庫	2004・7
□136．やさしく殺して	集英社文庫	2002・4
□142．別れてください	集英社文庫	2002・10
□147．夫の妹	集英社文庫	2003・4
□154．しあわせな結婚	集英社文庫	2003・10
□158．年下の男	集英社文庫	2004・4
□162．セカンド・ワイフ	集英社文庫	2004・10
□167．禁じられた遊び	集英社文庫	2005・4

□137．幻視鏡	双葉文庫	2002・5
□143．第一印象	双葉文庫	2002・11

【マインドミステリー】

□121．孤独	新潮文庫	2001・1
□145．Black Magic Woman	JOY NOVELS（有楽出版社）	2003・1
□153．ぼくが愛したサイコ	JOY NOVELS（有楽出版社）	2003・9
□166．ドクターM殺人事件	JOY NOVELS（有楽出版社）	2005・3

	ケイブンシャ文庫	1999・11
□ 75. 知床温泉殺人事件	講談社ノベルス	1995・ 3
	講談社文庫	1997・11
□ 76. 天城大滝温泉殺人事件	JOY NOVELS(有楽出版社)	1995・ 6
	講談社文庫	1998・ 3
□ 88. 猫魔温泉殺人事件	講談社ノベルス	1996・ 5
	講談社文庫	1998・12
□ 94. 城崎温泉殺人事件	JOY NOVELS(実業之日本社)	1996・12
	講談社文庫	1999・12
□ 96. 金田一温泉殺人事件	講談社ノベルス	1997・ 2
	講談社文庫	2000・ 3
□105. 鉄輪温泉殺人事件	講談社ノベルス	1997・10
	講談社文庫	2001・ 1
□110. 地獄谷温泉殺人事件	講談社文庫	1999・ 6
□131. 嵐山温泉殺人事件	講談社文庫	2001・11
□132. 蛇の湯温泉殺人事件	JOY NOVELS	2002・ 1
□139. 十津川温泉殺人事件	JOY NOVELS	2002・ 7
□140. 有馬温泉殺人事件	講談社文庫	2002・ 9
□150. 霧積温泉殺人事件	JOY NOVELS	2003・ 6
□156. 大江戸温泉殺人事件	JOY NOVELS	2004・ 1

【ホラー】

□ 49. 初　恋	角川ホラー文庫	1993・ 7
□ 61. 文　通	角川ホラー文庫	1994・ 4
□ 78. 先　生	角川ホラー文庫	1995・ 8
□ 90. ふたご	角川ホラー文庫	1996・ 8
□ 84. 踊る少女	角川ホラー文庫	1999・4
(原題：家族の肖像)	中央公論社	1996・ 2
	C★NOVELS(中央公論社)	1997・ 2
□111. i《アイ》レディ	角川ホラー文庫	1999・ 8
□115. ケータイ	角川ホラー文庫	1999・12
□125. お見合い	角川ホラー文庫	2001・ 6
□135. 卒　業	角川ホラー文庫	2002・ 3
□144. 樹　海	角川ホラー文庫	2003・ 1

著者　キャラクター別作品リスト（完全版）

※2005年８月中旬時点　既刊170点

吉村達也公式ホームページＰＣ版（http://www.my-asp.ne.jp/yoshimura/）
同　ｉモード版（http://i.my-asp.ne.jp/yoshimura/）
同　vodafone版（http://j.my-asp.ne.jp/yoshimura/）
同　EZweb版（http://a.my-asp.ne.jp/yoshimura/）
の作品検索ページでさらに詳しい情報を見ることができます。

【志垣警部シリーズ】

□ 60. 富士山殺人事件	ノン・ノベル（祥伝社）	1994・3
	光文社文庫	1996・9
	講談社文庫	2005・8
□126. 回転寿司殺人事件	ケイブンシャ・ノベルス	2001・6
	講談社文庫	2003・2
□134. キラー通り殺人事件【完全リメイク版】	講談社文庫	2002・3

（5.『キラー通り殺人事件』　講談社Ｊノベルス1987・9を完全改稿）

【温泉殺人事件シリーズ】

□ 39. 修善寺温泉殺人事件	ケイブンシャ・ノベルス	1992・12
	ケイブンシャ文庫	1995・12
	講談社文庫	1998・11
□ 47. 由布院温泉殺人事件	講談社ノベルス	1993・6
	講談社文庫	1996・7
	ケイブンシャ文庫	1998・12
□ 51. 龍神温泉殺人事件	講談社ノベルス	1993・9
	講談社文庫	1996・10
□ 58. 白骨温泉殺人事件	ケイブンシャ・ノベルス	1994・2
	ケイブンシャ文庫	1996・12
	講談社文庫	1999・2
□ 65. ランプの秘湯殺人事件	フェミナノベルズ（学習研究社）	1994・7
	講談社文庫	1997・3
□ 66. 五色温泉殺人事件	講談社ノベルス	1994・8
	講談社文庫	1996・12

本書は一九九四年三月、ノン・ノベル（祥伝社）として、
一九九六年九月、光文社文庫として刊行されたものです。

|著者|吉村達也　1952年、東京都生まれ。1986年『Kの悲劇』でデビュー。1990年から専業作家に。ミステリーとホラーを中心に、著作総数は170冊を超える（巻末リスト参照）。講談社文庫では、日本全国の温泉めぐりを楽しみながら推理ドラマが展開する、人気キャラクター志垣警部と和久井刑事の《温泉殺人事件》シリーズ、家庭教師軽井沢純子シリーズ、推理作家朝比奈耕作シリーズなどがある。

富士《ふじ》山《さん》殺人《さつじん》事件《じけん》

吉村《よしむら》達也《たつや》

講談社文庫

定価はカバーに
表示してあります

2005年８月15日第１刷発行

発行者――野間佐和子

発行所――株式会社　講談社

東京都文京区音羽2-12-21　〒112-8001

電話　出版部（03）5395-3510
　　　販売部（03）5395-5817
　　　業務部（03）5395-3615

Printed in Japan

デザイン―菊地信義

製版―――豊国印刷株式会社

印刷―――豊国印刷株式会社

製本―――有限会社中澤製本所

落丁本・乱丁本は購入書店名を明記のうえ、小社業務部あてにお送りください。送料は小社負担にてお取替えします。なお、この本の内容についてのお問い合わせは文庫出版部あてにお願いいたします。

ISBN4-06-273943-7

講談社文庫刊行の辞

二十一世紀の到来を目睫に望みながら、われわれはいま、人類史上かつて例を見ない巨大な転換期をむかえようとしている。

世界も、日本も、激動の予兆に対する期待とおののきを内に蔵して、未知の時代に歩み入ろうとしている。このときにあたり、創業の人野間清治の「ナショナル・エデュケイター」への志を現代に甦らせようと意図して、われわれはここに古今の文芸作品はいうまでもなく、ひろく人文・社会・自然の諸科学から東西の名著を網羅する、新しい綜合文庫の発刊を決意した。

激動の転換期はまた断絶の時代である。われわれは戦後二十五年間の出版文化のありかたへの深い反省をこめて、この断絶の時代にあえて人間的な持続を求めようとする。いたずらに浮薄な商業主義のあだ花を追い求めることなく、長期にわたって良書に生命をあたえようとつとめるところにしか、今後の出版文化の真の繁栄はあり得ないと信じるからである。

同時にわれわれはこの綜合文庫の刊行を通じて、人文・社会・自然の諸科学が、結局人間の学にほかならないことを立証しようと願っている。かつて知識とは、「汝自身を知る」ことにつきていた。現代社会の瑣末な情報の氾濫のなかから、力強い知識の源泉を掘り起し、技術文明のただなかに、生きた人間の姿を復活させること。それこそわれわれの切なる希求である。

われわれは権威に盲従せず、俗流に媚びることなく、渾然一体となって日本の「草の根」をかたちづくる若く新しい世代の人々に、心をこめてこの新しい綜合文庫をおくり届けたい。それは知識の泉であるとともに感受性のふるさとであり、もっとも有機的に組織され、社会に開かれた万人のための大学をめざしている。大方の支援と協力を衷心より切望してやまない。

一九七一年七月

野間省一

講談社文庫 最新刊

東野圭吾　**時　生**
〈明日だけが未来じゃない――〉。NHKで連続ドラマ化された感動大作が待望の文庫化。

石田衣良　**LAST［ラスト］**
崖っぷちに立たされた人間たちが居場所を求めて街を彷徨《さまよ》う。著者が新境地を拓く連作集。

三浦明博　**滅びのモノクローム**
釣りのリールに隠された戦時中の恥ずべき犯罪の証拠とは!?　第48回江戸川乱歩賞受賞作。

吉村達也　**富士山殺人事件**
霊峰山頂の絞殺体。そして東京下町の変死体。奇妙な叫び声の謎とは!?　志垣警部、大活躍。

折原　一　**蜃気楼の殺人**
25年前と同じ旅に出た夫妻。夫は殺され、妻は失踪。過去と現在が錯綜する折原マジック。

池井戸　潤　**銀行総務特命**
顧客名簿流出からストーカー問題まで、醜聞隠蔽のため「特命」銀行マン指宿が奔走する。

五條　瑛　**熱　氷**
氷山ハンター石澤と総理を狙うテロリスト。愛と憎しみを抱く男たちの息詰まる攻防戦!

西澤保彦　**人形幻戯**
おなじみのメンバーに、神麻嗣子《かんおみつぎこ》の〝上司〟神余響子《かなまりきょうこ》も加わって、6つの難事件に挑む!

森村誠一　**マーダー・リング**
取り違えた鞄の中には三千万円が……。悪意が醸成される都会の日常にひそむ人生の罠。

日本推理作家協会 編　**トリック・ミュージアム**〈ミステリー傑作選〉
篠田節子、横山秀夫、光原百合、片岡義男ら名手10人による傑作を集めたアンソロジー。

L・M・モンゴメリー　掛川恭子 訳　**アンの夢の家**
ギルバートと結婚したアン。海辺の「夢の家」で始まった二人の新しい生活。完訳版第5巻。

サラ・ストロマイヤー　細美遙子 訳　**バブルズはご機嫌ななめ**
記者を夢見る美容師が、億万長者を敵に回して大活躍!?　アガサ賞最優秀処女長編賞受賞作。

アラン・ファースト　黒原敏行 訳　**影の王国**
第2次大戦直前に暗躍したハンガリー人スパイを描いた傑作スリラー。ハメット賞受賞作。

講談社文庫 最新刊

宇江佐真理　涙《なみだ》堂〈琴《こと》女《じょ》癸《き》酉《ゆう》日《にっ》記《き》〉
同心の妻、琴。不審な死を遂げた夫への思いを胸に秘めつつ日々を送る。6つの連作短編。

鳥羽　亮　影笛の剣
続発する奉公人への襲撃。渋沢念流の使い手宗二郎が警護にあたる。痛快始末人シリーズ。

乾　荘次郎　妻《め》敵《がたき》討《う》ち〈鴉《からす》道場日月抄〉
幕末江戸の貧乏剣術道場を舞台に、時代に翻弄される人情の哀歓を描く書下ろし時代小説。

小杉健治　隅《すみ》田《だ》川《がわ》浮《うき》世《よの》桜《さくら》
文化の花咲く明治末期。歌舞伎界の御曹司とその馴染みの売れっ子芸妓の恋に危機が迫る。

松井今朝子　似《に》せ者《もん》
歌舞伎の世界に渦巻く芸への執念、男女の愛、人情、そして生きていくことの切なさを描く。

佐江衆一　リンゴの唄、僕らの出発
あなたにもぜひ六十年前のあの青空と歌声を知ってほしい。教科書にも収録の名作文庫化。

林　丈二　路上探偵事務所
路上観察の達人が観察から一歩踏み出して大胆極まる推理を開陳。魅力的な謎満載の珍本。

有村英明　届かなかった贈り物〈心臓移植を待ちつづけた87日間〉
障害を持って生まれてきた我が子の命を救うために闘った父と家族が得た、数多くの愛。

辺見　庸　いま、抗暴のときに
戦争という国家の絶対暴力に抗う術とは？我々の無力感を撃つ怒りの同時代論、第2弾。

高橋　和　女流棋士
事故の後遺症と闘い、14歳でプロに。結婚から引退までの書下ろしを加えた自伝エッセイ。

南里征典　情事の契約
成城のお嬢さん、温泉旅館の未亡人女将《おかみ》……スゴ腕融資課長の担保審査はベッドの上で。

京極夏彦　分冊文庫版　狂骨《きょうこつ》の夢《ゆめ》(上)(中)(下)
湘南の保養地、逗子に凝《こご》った妄執と邪念が惨劇をひきおこした。大好評分冊化の第3弾。